无凶之夜

[日] 东野圭吾 著

潘郁灵 译

犯人のいない殺人の夜

湖南文艺出版社　博集天卷
·长沙·

東野圭吾

犯人のいない殺人の夜

目 CONTENTS 录

轻微的蓄意
001

洋子紧闭双唇,抬头望向夕阳,一行泪水从她被染成橙色的脸颊上滑落。我不知道她此刻的泪水是因何而流,又是为谁而流。我不再开口,我想,今后我们也不会再见面了。

真凶匿于黑夜
043

看着他的手势,弘美不由得联想到婴儿细嫩的脖颈,后背一阵发凉。一个成年人伸出长长的手臂,用力掐死睡在婴儿床上的弱小生命,她总觉得这种残忍的事情只会存在于小说中。

跳舞的女孩
083

接下来的那个星期三，孝志依旧没有见到她。不仅如此，接下来的两个星期三，孝志都去了那所学校，但也都无一例外地败兴而归。闭上眼后，她的舞姿清晰地浮现在眼前，可每次去体育馆，都只能看到一片漆黑。

再次见到她，是行道树已开始凋落的秋末时分。

无尽之夜
109

厚子望着心斋桥的夜景自言自语道。这座城市到底有什么让洋一着迷的地方？对她来说，住在这样的城市，就像生活在一个永远不会迎来黎明的黑夜中。

"是这座城市杀了他。"

在厚子心里，无论真凶是谁，这都是不容反驳的事实。

白色凶器
137

森田向由希子倒了下去，可还没等他碰到自己的身体，她就迅速站了起来。

森田眯着眼，看到她正俯视着自己。

她怎么这副表情？这是他昏迷前的最后一个念头。

再见，教练
169

我接过递来的纸张，强压住心中的忐忑缓缓打开。在写满了杂乱分数的成绩表旁边，那句话清晰可见——
"我选择去死，因为已经无路可走，却被教练发现并阻止了。他对我说，还有希望。可是，教练，我还有什么希望呢？"

无凶之夜
203

只要读过推理小说的人就会明白，处理尸体是非常困难的事情。大致有以下四种方法：掩埋，沉河，焚烧，化制。当然也有一些匪夷所思的办法，比如冰冻后削成刨冰状扔掉，或是凶手自己吃掉之类的，但我认为这些并不具备实际操作的可能。

你会想要杀掉害我们

不幸的人吗?

洋子紧闭双唇，抬头望向夕阳，一行泪水从她被染成橙色的脸颊上滑落。我不知道她此刻的泪水是因何而流，又是为谁而流。我不再开口，我想，今后我们也不会再见面了。

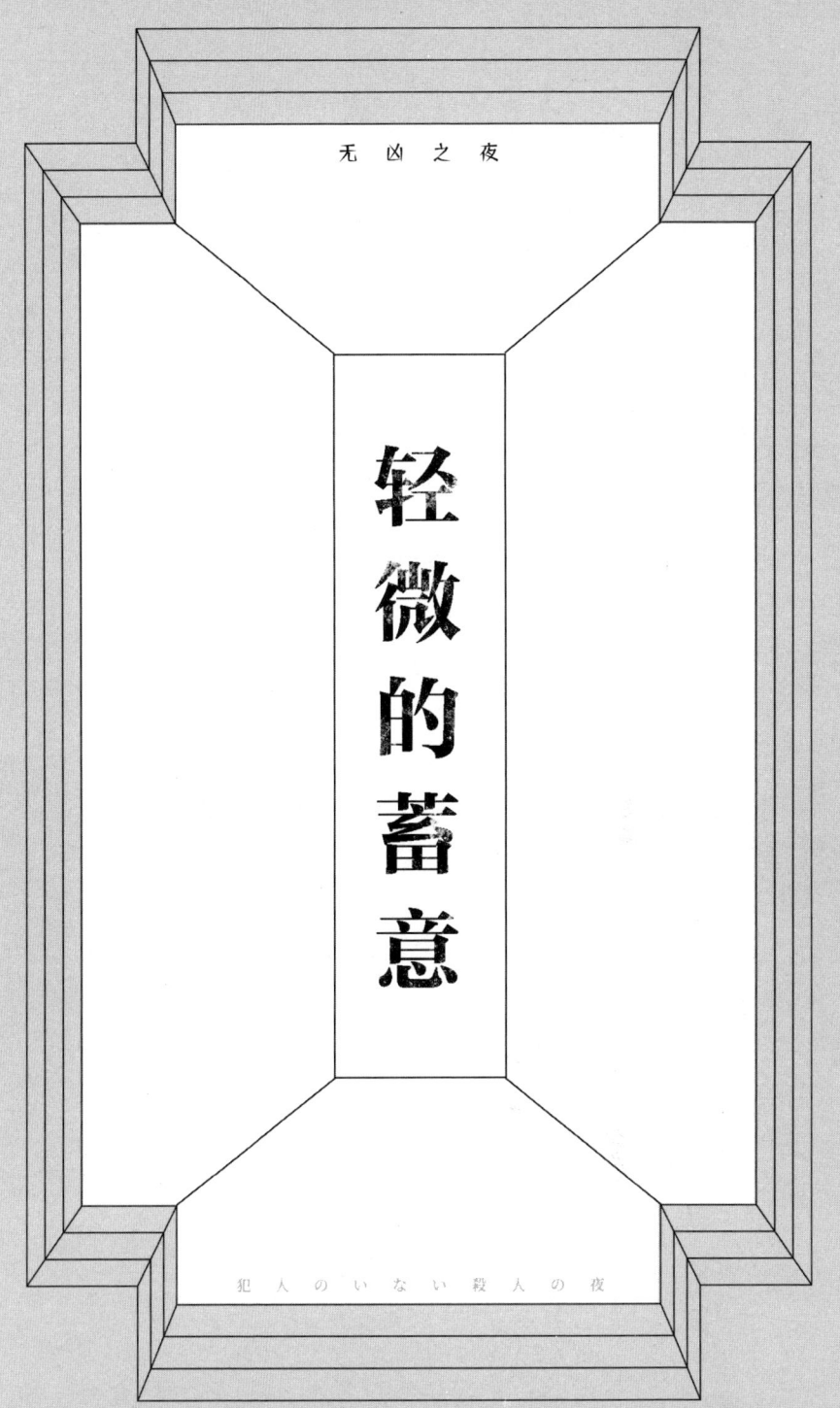

无凶之夜

轻微的蓄意

犯人のいない殺人の夜

1

达也死了。他就像枯叶一样从楼顶坠落,然后停止了呼吸。当时是放学时间,我正跟个傻子似的追着足球疯跑。

"我突然听到了一个声音,接着就看到有人从上面坠落了下来。那声音太响了,我一时间根本没反应过来发生了什么。"

作为现场的众多目击者之一,一位和达也同班的同学田村如是阐述了这个悲伤的消息。

达也坠落的教学楼旁,此刻已经站满了人,旁边还停着一辆救护车。我推开人群走了进去,看到达也的遗体上盖着一块白布,正被人用担架抬起。我顿时生出了一股无名之火。

"达也!"

我很想冲上去看看达也的脸,笑着对他说:"瞧你,这不是好好的吗?"

就在这时,我的手臂突然被人用力抓住了。我朝来人瞪了一眼,原来是我们的班主任,人送外号"芋头"的井本老师。

"冷静点。"

井本的语调十分冷静,但在我听来却好像带着无限的威严,让我一步也不敢再动弹。

就在这时,耳边突然传来了"哇"的一阵尖叫。被放上担架的达也，右手突然垂了下来。他的手臂很细，且有些不自然地弯曲着，让人不禁联想到商店里的人体模型。

"吓死人了。"

一个看起来很胆小的人在旁边小声嘟囔了一句。我刚揪起那个混蛋的衣领，"住手"——井本再次出言制止了我。

载着达也的救护车离开后，辖区警察便开始了取证调查工作。他们似乎还找了目击学生打听情况。我在围观者中看到田村的身影后走了过去。

"没找你问话吗？"

话音刚落，田村就有些不服气似的噘起了嘴。

"一班那个藤尾，作为目击者代表去接受询问了。其实当时目击者很多，只是藤尾第一个报了警而已。更何况，他还是个学霸。"

"藤尾啊……"

我认识他，一个高个子、宽额头的同学。

"达也……行原他怎么会从楼顶掉下来？"

听我这么一问，田村交叉双臂回了一句："我也不太清楚。"

他歪着脑袋，似乎在思考着什么。

"突然就摔下来了。那会儿我正在楼下打球呢，根本不知道行原在上面。"

说完，他又补了一句："估计是自杀吧。"那副事不关己的模样看得我顿时火冒三丈，但还是强忍着愤怒向他道了谢，然后离开了那里。

我一边思考着下一步该做什么，一边在现场附近徘徊着。教学楼旁站着三个女生,她们正用手帕按着哭红了的眼睛。她们都是我和达也的同班同学。我也想哭,但现在还有更重要的事等着我。

没过多久,班主任井本老师就从教学楼里走了出来。他的神情看起来有些紧张,想必是刚刚接受了刑警的问话。从进入学校执教以来,他大概还是第一次遇到这种事情吧。

井本环顾四周,似乎在寻找什么人,在看到我后,马上就小跑着过来了。

"中冈,你能来一下吗?警察好像有些事想问你。"

听我说什么也没看到后,井本点了点头。

"他们说想见见行原的好友。如果你不愿意,那我就去问问其他人吧。"

他的神情十分严肃。

我按照井本的指示,走进了教师办公室旁的访客接待室,只见里面坐着一位头发稀疏的中年刑警和一位年轻刑警。

他们首先询问了我和达也的关系。我告诉他们,我们从小学起就是最好的朋友,现在也是同班同学。

紧接着,他们又问了我一些诸如达也的性格、最近的状态、人际关系之类的问题。我知道,他们是觉得达也很可能是自杀的。

于是,等他们都问完了以后,我便大着胆子说了一句:"达也不是自杀的。"

听我这么一说,那位中年刑警一脸惊讶地"哦"了一声。

"为什么?"

"他没有自杀的理由。退一万步说,就算他真的遇到什么难事，也绝不可能选择自杀。这一点我可以保证。"

两位刑警对视一眼后，嘴角浮现出一抹意味深长的微笑。

接着，他们又问除了我之外达也还有哪些关系亲密的朋友。我想了一会儿后，说出了佐伯洋子的名字。显然，刑警也听说过这个名字。

"我听井本老师说，他们从初中开始就是恋人关系了。"

我摇了摇头纠正道："是从小学开始。"

与刑警的谈话持续了大约三十分钟。我得到的唯一信息，就是达也真的死了。

走出接待室后，我看到了正在走廊上等着的井本。但真正吸引我目光的，其实是低头站在一旁的佐伯洋子。她似乎刚刚哭过，眼圈一片通红。她朝我张了张嘴，似乎想说什么，却又因为悲伤过度，立刻用手帕捂住了眼睛，终究什么也没说出口。

目送洋子走进接待室后，我想了片刻，随即走向球场，然后在饮水机旁边的长凳上坐了下来。

大约三十分钟后，洋子结束问话走了出来。看到她步履摇晃地出现在教学楼的门口后，我也从长凳上站了起来。

"累了吧？"

我也不知道自己怎么就突然冒出这句话。不过，我也没有勇气再说下去了。

洋子浑身僵硬，就像一个老旧的机械娃娃。我们面对面地站着，沉默了许久。

就在我准备张嘴说话时，洋子率先开了口："不要说那些安慰我的话。"

她语速很快，但咬字十分清晰。说罢，她用右手撩起了垂在额前的黑色直发。先前脸上的泪痕已然消失。

我闭上了嘴，因为我刚才想说的，还真是一些安慰她的话。说起来，她从小学开始就是如此，即便是受了欺负，也不希望被人安慰。

洋子慢慢走了过来，接着在我面前大约一米处停下脚步，盯着我的眼睛说道："今天，就由阿良你送我回家吧，就当是替他……吧。"

她的声音中仿佛带着一丝哀求。我依旧沉默着，只是点了点头。

我们推着自行车走在放学回家的路上。在路上，洋子和我说起了刑警问她的那些问题。

"你是什么时候在哪里得知这件事的？"

据说这是刑警问的第一个问题。她回答说当时她在教室里，是同学跑来通知她的。

"一开始我不知道发生了什么，后来一听到阿达死了，瞬间觉得天旋地转，眼前发黑……醒来时，我已经躺在保健室的床上了。"

这大概就是警方没有马上找她问话的原因吧。

后来的问题，似乎就和问我的那些差不多了。就连她也不知道达也怎么会突然出现在那种地方，而且最近达也身上也没有什么异常的变化。关于这一点，洋子和我的回答完全一样。

直到我将她送到家门口，她都没有流下过一滴眼泪。这反倒让我松了一口气，因为我天生就不知道该怎么安慰人。当然，我也十分佩服她的坚强。

回家的途中，我顺便去了一趟达也家。门前一片漆黑，四周鸦雀无声。家里的人估计都去警察局或是医院了吧。我踩下自行车的踏板。不知为何，眼泪突然夺眶而出，黄昏的风景也随之变得扭曲。

回到家后，我立刻给看到了事件经过的藤尾打了个电话。我告诉他想马上和他见面谈点事情。他二话不说，立刻同意了，并说他也觉得有些地方想不明白。

我们约在藤尾家附近的一个公园里见面。那是一座十分冷清的小公园，除了秋千和滑梯就没有什么其他设施了。不过正是因为人迹罕至，才更适合谈些秘密之事。

"我们班正好就在行原掉下来的那栋教学楼对面的三楼。那会儿我坐在教室里看书，正好看累了，就想着看看窗外放松一下眼睛，哪承想就看到了那一幕。"

藤尾一边坐在秋千上晃动着修长的身体，一边慢慢回忆当时的情景。

"也就是说……你看到了达也掉下来时的情景？"我有些紧张地问了一句。

藤尾立刻用力点头，说："看到了。"

"我看到行原的时候，他已经爬到楼顶的围栏上了。太危险了，我都忍不住替他捏了一把汗，奇怪的是，他走得很轻松，似乎完全不在意。没想到，突然他就掉下来了，大概是失去平衡的缘故吧。"

"达也他，爬到了楼顶的围栏上……吗？"

楼顶的围栏，其实就是一道宽约三十厘米，高约一米的混凝土矮墙。学校里的某些男生，特别喜欢站在上面证明自己的胆量。校规不仅严令禁止攀爬围栏，就连上楼顶都被视为违规行为。

"这么说来，达也是掉下来的，而非跳下来的，对吧？"

但藤尾回答得很谨慎。

"我也说不好。我能确定的，只有行原爬上了楼顶的围栏，然后掉下来了这件事。至于其他的，说到底都是我的揣测而已。我对警察也是这么说的。"

"原来如此……"

也就是说，目前尚不能确定达也究竟是意外还是自杀。

"可是，达也那家伙怎么会跑到那里去呢？"

藤尾双臂交叉于胸前微微歪着头。

"除了他跑上楼顶这件事外，其实还有一件事让我觉得更奇怪。"

"更奇怪？是什么？"我问道。

藤尾十分冷静地答道："当时，只有行原一个人。这是最奇怪的一点。"

2

和藤尾分开后，我回到家里，桌上已经摆好了晚餐。虽然毫无胃口，但还是逼着自己胡乱吞了几口饭。似乎是从哪里听说了此事，母亲和比我小一岁的朋子一脸期待地等着我开口，但被我彻底无视了。

吃完饭后，我立刻钻进了自己的房间。

至少今天，朋子应该不会随便进我房间了。

我倒在床上，看向墙上的相框。那是我们在中学足球队时，输掉县预选赛的首场比赛后拍的纪念照片。前排左侧那个浑身是泥的人就是我。

当时我是边锋。我旁边，就是被晒得黝黑、笑容满面的达也。当时他是守门员。白色的队服，看起来是那么耀眼。

——达也，你怎么就死了呢……

我对着照片里的好友发问。他根本没有非死不可的理由，可他就是死了。怎么也想不明白缘由的我，烦躁地抓着自己的头发。

我和达也从小学开始就是很好的朋友。虽然是因为家住得近才玩在一起的，但浑身都是缺点的我，和堪称完人的达也居然能那么投缘，实在是让人感到有些不可思议。

无论是学习还是运动，我都完全不是达也的对手。而且达也个头很高，我们站在一起时，总会被旁人误认为是兄弟。我的整个小学时代，似乎都为了追上达也而拼命努力。

升入初中后，我们依旧亲密无间，而且在加入同一支足球队后，我们之间的关系似乎变得更加坚不可摧了。我们每天都会一起练习到很晚，然后再一起去公共浴池洗澡，在浴池中漫无目的地聊上几十分钟。也是从那个时候开始，我的成绩开始稳定上升，与达也之间的差距也逐渐缩小。

中考前，我听说达也的目标是县立 W 高中，便更加拼了命地学习。尽管当时的班主任劝我说"太危险了，还是换所高中吧"，但我还是执意报考了 W 高中。所幸我成功了，也让周围所有人都对我刮目相看。不过事后回想起来，也难免觉得自己太过冒险了一些。而我执意要报考这所高中，其实是因为听说达也正犹豫要不要将志愿降低一个等级，选一所我也能考进的高中。

就这样，我们一直走到了今天，我们既是对手，也是最好的朋友。甚至还有人说："有行原处必有中冈，有中冈处也必有行原。"

但是我们两个人存在着一处不同点。

那就是达也拥有一个叫佐伯洋子的女朋友。

洋子是在我们五年级时，从东京转学过来的。我还记得第一次看到她时，身上没来由地冒起冷汗，心跳也加快了不少。虽然她让我有生以来初次尝到了"心动"的滋味，但对她抱有这种初恋般酸酸甜甜的感觉的人，可不是只有我一个。一些男生为了引起她的注意，甚至会故意欺负她、捉弄她。可见那时候她的容貌、身姿、举止，对我们来说有多么新鲜，多么震撼了。

洋子从小就比同龄人更加懂事一些，成绩也十分优秀。很快，她就成了女生中最有号召力的人物，并和某个男生越走越近。那个男生就是达也。

当时达也是儿童会[①]的副会长，成绩自不必说，就连运动方面也是无人能出其右。面对如此优秀的竞争对手，班里的其他同学自然也就甘心认输了。

---

① 相当于学生会。——译者

轻微的蓄意

达也和洋子就这样成了学校里公认的一对金童玉女,不仅平时的休息时间和午休时间,就连郊游和运动会也大都是出双入对的。每每看到他们走在一起,我就会很识趣地尽量避开。

升入初中后,他们开始有意避开他人的目光。或许也有洋子平时喜欢和自己的小姐妹们一起玩的缘故,总之达也和洋子似乎喜欢上了单独相处的感觉。有好几次,我邀请达也星期六下午或是星期天一起出来玩,他都借口有事拒绝了。后来听闻偶尔能在街上遇到达也和洋子走在一起,我便决定尽量不去打扰他们了。

洋子和我们一样报考了W高中,并轻松通过了考试。她总是和达也一起学习,成绩自然也在我之上。我是后来才听人说起,他们最常去的是镇上的图书馆。在此之前,我甚至不知道图书馆里居然还有自习室。

达也和洋子的关系一直都很稳定。他们的恋情,就算在旁观者看来,也充满了明媚和温暖的气息。就连向来反对男女交往的高中老师们,对他们二人也是极为宽容。从不遮遮掩掩,且让所有人都艳羡不已,这就是达也和洋子的关系。

每次看到他们二人,我都会被这份幸福所感染。但与此同时,我心中也难免会生出一丝苦涩。而苦涩的理由却又着实可笑,甚至让我都忍不住讨厌自己。

说白了,就是我对好友的女朋友生出了初恋的感觉,并一直持续到现在,说起来也真是荒谬。

3

次日一早醒来，我便第一个冲出去取了报纸。我主动去报箱里取早报的次数，估计一年都未必能有一次。

《高中生坠楼身亡》，昨天的事情，附上了这个标题后，被刊登在社会版正中间的位置。内容与我从田村和藤尾那里听到的大致相符。报上也提到了"至于是意外还是自杀，目前尚无明确结论"的观点。

文章中还提及了对达也父母的采访，说什么"白发人送黑发人是最大的不孝之举"之类的，实在让我不忍再读。

不过，达也究竟为什么会爬到那种地方去呢？我放下报纸，看着半空思索着。

达也向来稳重，他如果发现我这么做，定会板着脸严厉斥责我。那到底是为什么呢……

还有藤尾说的那句话。

为什么只有他一个人呢？藤尾的疑问，确实很让人匪夷所思。

走进学校后，果然如我所料，几乎每个人都在谈论昨天那件事。第一节课被临时调成了自习课，因为老师们都参加临时教职工会议去了。

"校方负有很大的责任，所以他们都急得不行了。"同班一个叫笹本的"万事通"说道。

"这种事明明就可以杜绝的啊。既然校规明文规定不可以上楼顶，那么就要做好巡视之类的工作啊。大家应该都会这么想吧。"

说罢，笹本看着我，似乎在询问我是否认同。但我什么也没说。

紧接着，话题又转到了洋子身上。众人反应各不相同。女生们面露哀伤，觉得洋子定会因此大受打击，颇有感同身受的意思，男生们则感慨饶是行原也会做出这么愚蠢的事情。

第一节课结束后，我立刻走上了通往那个楼顶的阶梯。我想亲眼看看达也到底是从哪里以及怎么掉下去的。然而，顶楼通往楼顶的那扇门已经被牢牢地上了锁。算是亡羊补牢吗？这种愚蠢的行为，真是可笑至极，我甚至都懒得生气了。

我朝那扇门狠狠地踹了一脚，刚准备下楼，就看到有人上来了。是个女生，而且我还见过。她应该是高二的学生，和达也同属于某个英语俱乐部。

"门被锁了。"

听到头顶的声音后，原本低头爬楼梯的女生犹如痉挛般浑身颤抖了一下，脚步也随之停了下来。她抬头看着我，有些惊讶地半张着嘴。

"是来祭奠达也的吗？"

之所以这么问，是因为我看见她的右手正握着一束花。我不知道那是什么花，只看到是一束朴素的白花。

她把花藏在身后，沉默地站在原地。我不由心想，她的眼睛真是又黑又大。

"我想拜托老师让我上楼顶，你，要不要一起？"我问道。

只见她朝墙边退了一步。

"我……不用了。"

接着，她便扭头飞快地跑了下去。白色花朵的香气，依稀残留在空气之中。

从第二节课开始就恢复了正常的课程安排，所有老师都没有提起昨天的事情。大概是在教职工会议上被叮嘱过不要多嘴吧。

午休时间，我去了一趟对面教学楼三楼的高三一班教室。藤尾正坐在窗边看书。

"你就是从这里看到的吗？"我望着旁边的教学楼问道。

达也坠落的教学楼是一栋三层高的楼房，所以坐在这个位置，稍稍抬头就能看到对面楼顶的景象。

"是啊，我看过去时，行原就在这上方。"

藤尾来到我身边，伸手指了一下。

"但是从这个位置来看……"

我顺着藤尾手指的方向看了过去。

"虽然能看到站在围栏上的达也，但如果旁边还有其他人，也会被围栏挡住，自然也就看不到了吧？"

藤尾听完轻轻地点了点头。

"虽然你的话不无道理，但如果当时旁边还有其他人，应该就会主动站出来说明情况吧。既然没有这样的人出现，不就说明当时旁边没人吗？"

看起来，他对自己的推断很有自信。

"嗯，是这样啊……"

我随口应和了一句后，突然想到了一件事。再次详细询问了达也坠楼时的情况后，我便离开了教室。

走出教室，我继续往楼上走去。这栋教学楼一共有四层。也就是说，站在这边的四楼，应该就能平视到旁边那栋三层楼高的教学楼的楼顶了吧。

四楼不设常用教室，只有服装教室、音乐教室、阶梯教室和放映室。藤尾所在的高三一班，就位于服装教室的正下方。这是女生们上家政课时使用的教室……应该是为了学习洋装以及和服的裁剪吧。

我稍微犹豫了一下，还是伸手拉开了门。门没有上锁，我一边观察着室内的情形，一边缓慢地走了进去。从入学到现在，我从未来过这间教室，所以心里难免有些紧张。

这里似乎比普通教室要大一些，墙上贴着各种洋装和和服的画，还有几张很大的桌子。与之相应地，里面的抽屉也很大。

我穿过教室，走到窗边。那里摆放着一台缝纫机和一面全身镜，但这些东西都与我无关。

拉开窗帘，刺眼的阳光瞬间照了进来。我不由得皱起眉头，眯起眼睛。

用手掌挡住阳光望向窗外，果然不出我所料，隔壁楼的楼顶就在旁边。

如果当时这间教室里有人，那应该就是最重要的目击者了。

我用目光仔细搜查了隔壁楼的楼顶的每一个角落，并无什么特别的发现。和往常一样，依旧是平平无奇的混凝土楼顶。

在达也坠落的那栋楼的另一侧，还有一栋三层楼高的教学楼。站在这里，可以同时看到两栋楼的楼顶。

——如果有机会，还得去那栋楼看看才好。

我一边想着，一边拉上了窗帘。

浑浑噩噩中，我上完了第五和第六两节课。说是浑浑噩噩，其实并不是什么也没想。只是因为一直想找出达也的死因，却又毫无头绪，结果也就等同于浑浑噩噩了。

第六节课下课后，班主任井本老师宣布，明天将举行达也的告别仪式，要求全班同学参加。这是为了体现同学间的深厚友情，只是他似乎忘了并非所有人都和达也有过深厚的友情。

说完此事，他接着又宣布，上次的期中考试成绩已经张贴在布告栏了。看起来，大家似乎对这件事更感兴趣。

离开教室时，我遇上了洋子。准确来说不是"遇上"，因为看起来她似乎已经等了我好一会儿。

"送我回家吧，阿良。"

洋子没有看我，而是看着脚下，声音听着好像是感冒了。

"好……"

我说完便朝前走去，也不知道接下来该说些什么。洋子毫不犹豫地跟了上来。

途中，我们路过了教师办公室。旁边就是布告栏，此刻这里已经聚集了二三十个学生，大概是在看期中考试的成绩吧。我对成绩其实并无太大兴趣，但因为个头较高，还是能瞟到几个名字。第一名到第五名还是那几个熟悉的名字，只是顺序略有不同罢了。藤尾的名字也在其中，不愧是学霸啊。

我找了找自己的名字，正好位于第十名，洋子的名字在我后面两位，达也排在了第十九。

"这是阿达的名字最后一次出现了。"洋子低沉地说道，所幸语气并不悲伤。

和昨天一样，我们一起推着自行车回家。一开始我们聊的是期中考试，说是聊，其实也就是洋子夸了我一番。

"阿良好厉害，终于排进前十了啊。"

然后，我回答了一句"运气好而已"。

不过，其实就连我都没想到，我最近居然进步这么大。我几乎是末位进入现在的高中的，所以入学时成绩一直都很靠后，但从高二下半学期开始，我的成绩就大有突飞猛进之势了。而达也和洋子，则从入学开始就始终名列前茅。只不过人外有人，天外有天，所以就连他们也很难挤入前十名。这么说来，我这次能考进前十，或许真的可以算是"好厉害"了。

后来，洋子又聊起了自己所在的体操部，然后问了我一些关于足球部的事情。我总觉得她是在刻意找话题。

"阿达后来怎么不踢球了？"她突然问道，"初中那会儿，他不是还总和你一起踢球来着……"

"嗯……"

我含糊地应了一声。

和洋子这么并肩走着，让我不由得想起了我们的小学时代。那时候，会站在洋子身边的，只可能是达也。他们晴天就手牵着手，雨天虽是一人一把雨伞，却也总是紧挨在一起的。两人之间，根本不留一丝可容我介入的缝隙。而现在，只剩下我和她了。那个将我们联系在一起的男生，已经不在了。而且明天，就是那个男生的告别仪式。

沉默了好一会儿后，我跟洋子说起了今天午休时去了服装教室的事情。

她似乎对此很感兴趣，问道："你在服装教室里发现什么了吗？"

"哦，没有，我只是想从那个教室看看隔壁大楼的楼顶而已，但毫无收获。"

听完，洋子只是"哦"了一声。

接着，我又将第一节课结束，我在通往楼顶的楼梯上遇到一个高二女生的事情说给她听。洋子一听我说那个女生和达也在同一个英语俱乐部，立刻就猜出了对方的名字。

"啊，那就是笠井同学了。"

"笠井？"

"笠井美代子，我记得她是高二八班的。"

"你知道得真多。"

"其实是因为……"

洋子犹豫了片刻，说："达也跟我提过，那个女生曾给他写过情书。"

"情书？"

我忍不住重复了一次。这个东西，不是已经差不多被时代淘汰了吗？

"那达也是怎么处理的？"

"唔……我不知道他后来是怎么拒绝的。"

照洋子所说，总之达也是拒绝了对方。

要不是达也成了这样，这应该会是个很有趣的话题。

我大概会调侃洋子是不是醋坛子都翻了，她也会假装对此毫不在意。而现在，我们俩的脸上都没有露出一丝笑容。再有趣的话题,在今日也只会成为一首挽歌。

"对了……"

我接着向洋子说起了关于刑警觉得达也可能是自杀的事情,并问了她的看法。她思索了好一会儿,最终只说了句"不知道"。这个回答着实出乎我的意料。

"我还以为你会说绝对不可能呢。"

"绝对这种话……我也无权断定啊。"

"可是……"

那是你的男朋友啊——不过这句话终究还是没有说出口。因为这么说的话,会让我的心更痛。

告别仪式那天,天上下着雨。四十多位学生撑着伞聚在一起,让本就狭窄的道路变得更加拥挤不堪。

敬香时,我排在第五个。走向灵牌的途中,我看到了站在一旁的达也父母。从小到大,他们一直都很关心、照顾我。几天不见,他们竟像老了十岁一般。

"谢谢……"

经过他们身边时,阿姨低声向我道了谢。那声音,比蚊子的叫声还要柔弱几分。

灵前的照片中,达也面露微笑,一张白皙的脸庞就像刚刚做完整容手术似的。我按母亲的指导上了香后,合掌祷告。

毫无心灵感应。

我只想问达也一件事——为什么你死了?可即便合掌祷告,我也没有收到任何心灵回应。果然,所谓灵魂之言,皆是虚妄。

尽管每个人的动作都很迅速,但全班同学都敬完香还是花了将近一个小时。在那之后，是达也高一、高二时期的好友代表上前敬香，洋子的身影也在其中。洋子看起来镇定自若，脸上并无太多悲伤的神情。她似乎和达也的父母简单地交谈了几句，脸上的表情看起来很平静。

达也的父母看到洋子后，更是难掩心中的悲痛。或许在他们心里，早就把洋子视为自己未来的儿媳了吧。

"这种葬礼，真是毫无意义。"

敬香归来，洋子一见到我，就冲我来了这么一句。

"对死者来说当然是。其实还不都是做给活人看的！"

听我这么一说，她神情复杂地点了点头，感慨了一句"是啊"。

就在这时，有人从后面拍了拍我的肩膀。我一回头，就看到了站在我身后神情肃穆的藤尾。

"你也来了啊。"我说道。

"也算是一种缘分吧。"他淡然一笑道。

"对了，有件事，你应该会感兴趣。"

"感兴趣？"

"嗯……其实，当时除了我，应该还有人目睹了行原坠楼时的情景。而且，还是从不同的角度。"

"这……"

"如何，感兴趣吗？"

"是谁？"

藤尾突然有些谨慎过度似的压低声音道："是个高一女生。"

"高一？"

"对。据说，经常会有高一的学生在楼顶打排球，就是行原坠楼的那栋楼旁边的教学楼楼顶。如果那天她们也在，就有可能看到了整个经过。"

"但是，她们要是看见了，应该会报告的吧。"

"应该不会。因为学校就连上楼顶都明令禁止了，更何况她们还是在上面打球。"

"的确如此！"

他说得的确很有道理。她们可能会因为担心被罚而选择沉默。

"所以，你也不确定是谁看到了，只知道是高一的女生，对吧？"

藤尾表示的确不确定，接着又补充道："但我觉得应该不难找到她们。因为她们放学后，肯定还会另外找地方打排球的。那些高一女生就是这样的。"

"你说得有道理。"

我点了点头后走开了。

大部分同学在敬过香后就离开了，我和洋子则一直等到出殡为止。达也的遗体在雨中被抬了出去。当时无论是背景，还是众人的衣着和表情，都只有黑、白、灰这三种色调，就像正在上映一场老式电影一般。而且，电影的胶片上还满是划痕。

"永别了。"身旁的洋子低声说道。

4

次日放学，我换上足球球衣后，突然想起了藤尾之前说的那番话，便在校园四处搜索起来。原本在楼顶打排球的那群女生，现在肯定就在校园的某个角落。她们肯定要找一个不仅可以容得下她们围成一圈，还能保证即便有人不小心打飞了球，也不会伤到其他人的空旷场地。

果然，我在图书馆后面的空地上找到了一群打球的女生。旁边就是学校的围墙了，但她们似乎球技不错，还不至于把球打出围墙。

我慢慢地走了过去。

那儿一共有六个女生。我的运气不错，其中有个女生的男朋友是我同社团的学弟，我还知道她名叫广美。

我用眼神示意她过来一下。她稍有些吃惊，随即微笑着向同伴们道了个歉后，面带羞涩地朝着我小跑过来。

我先问她是不是曾在楼顶打过排球。她吐了吐舌头，说她的确去过。

"不过学长，请一定要替我们保密啊。要是被其他人知道，可就麻烦了。"

"好。既然你们每天都在楼顶打球，那应该也看到了那天的坠楼事件吧？"

听我这么一问，广美四下观察了一番后，才用手掌掩住嘴小声说道："其实，确实看到了一点。"

"然后呢？"我连忙接着问道，"能告诉我当时的情况吗？"

"也没什么情况吧……就是行原学长沿着楼顶的边缘走，接着就突然摇摇晃晃地掉了下去。"

"摇摇晃晃吗？"

藤尾倒是说过"大概是失去平衡了"，不过广美的说法似乎更形象一些。

"掉下去之前呢？你有没有看到达也当时在做什么呢？"

"毕竟我也不是一直盯着他看的。"广美无奈地摇了摇头道。

"不过，或许有其他人看到了。"

"其他人？"

"等一下。"

她说完便转身跑了回去。只见她指着我，同小姐妹们说了几句后，其余五人便跟着她一起走了过来。被几个身高相仿的女生围在中央，我不由得往后退了一步。

"是她最早发现的。"广美指着左边第二个女生对我说道。

这个被广美唤作"小伊"的女生，是个身体圆圆、脸蛋圆圆，眼睛也圆圆的"圆女孩"。

小伊摸着头发，先说了句："我看得也不是很清楚……"

这种故意拉长最后一个音的说话方式，最近在女生之间似乎十分流行。

"好像有什么东西闪了一下。"

"光？"

"我看过去时，发现隔壁楼顶的角落站着一个男生，我正准备跟其他人说……他就掉下去了。"

"等一下。你是说，隔壁楼顶有东西闪了一下？"

小伊点了点头。

"那是怎样的闪法呢？闪光？还是明暗交替的光？"我立刻追问道。

她有些不明所以地看了看广美。

我一下子明白过来了，便改了一个问法："是闪了一下？还是一直在闪烁？"

小伊这才小声地答道："闪了一下。"

"闪了一下啊……"

当然，我并不知道这件事是否与达也的死因有关，只能装模作样地思考了一番。

跟她们道过谢后我正准备离开，站在最右边的女生突然开口说道："那个……"我连忙停下了脚步。

"其实，今天也有其他人问过我类似的问题。"

这个女生留着一头长发，看起来比广美和小伊都更成熟一些，说话的方式也相对稳重些。

"其他人？是谁呢？"

"体操部的……"

听到这里我就明白了，甚至还有些高兴。

"是佐伯洋子吧。"

长发女生轻轻点头。她低着头不时偷偷看我，像极了正在挨训的学生。

应该是洋子昨天听到了我和藤尾的对话，或者是通过自己的关系网找到了广美她们。至少可以确定，洋子也觉得达也的死没那么简单。

"那佐伯同学问了些什么问题？"

"嗯，和你问的那些问题基本一样。除此之外，她还问我当时楼顶上除了行原学长外还有没有其他人。"

"对！"

我在她们的脸上看了一圈后继续说道："我也打算问这个问题来着。那么当时除了行原外，周围还有其他人吗？"

长发女生像是确认似的，朝其他女生看了看，接着缓缓摇了摇头。

"我想，应该没有其他人。"

"是吗……那洋子还问了什么其他问题吗？"

她听完说了一声"没有"。再次道谢后，我转身离开。

由于和广美她们聊了一会儿，导致我没来得及赶上足球训练，迟到了大约五分钟。按照规则，每迟到一分钟，就要围着操场跑一圈，所以我必须在操场上跑满五圈。

我一边默默跑着，一边想起了前些天洋子的那句话——阿达后来怎么不踢球了？很简单的一个问题，而且就连答案也非常简单。

因为高中足球队的水平太高了，所以他退缩了——仅此而已。洋子并不知道，其实达也在初中时，也并非正选门将。虽然刚加入足球队时他备受期待，但队里的其他队员进步更快，所以到了县级比赛，他就只能做个替补了。

"足球之梦，就交给你了。"

进入高中后，我邀请他一起加入足球队时，他用这句话拒绝了我。原本我还以为他一定会和我一起加入足球队呢。

不是正选也可以啊——虽然我也可以用这个说辞,但终究还是没能说出口。这话连我自己都不信。为成为正选队员而努力——这样的话,我也一样说不出口。那不是我该说的话。

当时唯一可以确定的是,我在足球方面的确比达也更有天赋。

达也放弃足球的原因,我们一直都没对洋子透露过半分。这是我和达也之间的约定,即便他已经离世,我也不能违背这个约定。

结束训练,换好衣服走出校门时,已是将近晚上七点。倒也没什么奇怪的,平时也是如此。

我骑着自行车,在昏暗的夜路上前行。从前,达也的英语俱乐部活动如果恰好也在这个时间结束,我们就会一起骑着自行车回家,偶尔还会比拼一下谁的车速更快。一开始,两人倒是势均力敌,到后来就几乎是我连胜了。于是没过多久,我们就取消了这项比赛。

正想着,就看到远处出现了汽车的前灯,应该是有车驶来了。每每遇到这种情况,达也几乎都会跳下自行车,停在路旁等汽车通过。他就是这么一个谨慎至极的人。这样一个人,怎么可能会从楼顶上掉下来呢?我绝对不会相信。

我本打算从汽车的旁边骑过去。谁知就在那一瞬间,车灯的光线突然抬高了。这个蠢货司机居然把前灯调成了远光灯,而且还偏偏选在这个时候。光线突然直射进我的眼中,我顿时失去了平衡感,差点没从自行车上摔下来。

所幸我及时捏住刹车,伸脚踩在地上,这才化险为夷。真是把我吓出了一身冷汗。

"神经病啊!"

我忍不住对着那辆扬长而去的汽车破口大骂,不过心中却冒出了另外一个念头。

5

"真的?"

"当然是真的。"

谁会拿这种事情开玩笑?

"达也是被杀的。"

"可是……"洋子舔了舔自己的嘴唇,像在思考着什么,"作案手段呢?"

"光。"

"光?"

"对。用强光让达也眩晕,导致他失去平衡后坠楼。"

"……这样啊。"

洋子说着环视了整个房间。这里是上家政课的服装教室。

"所以你把我约来这里?"

"是的。"

接着,我在黑板上画了一幅示意图,将广美等人看到的闪光位置和达也的坠楼位置相连并继续延伸后，就指向了这间服装教室的窗户。

"但是，这个房间里，有什么东西能产生强光吗？"

"有。"

我说完走到窗边，猛地一下拉开了白色的窗帘。五月耀眼的阳光，立刻斜射进了教室。

"我记得那天也是个晴朗的好天气。凶手完全可以利用阳光实施他的杀人计划。"

"镜子……"

"没错，他用的就是这个。"

我将旁边的全身镜拉了过来。上次走进这个房间时，我根本想不到这个东西居然会成为重要线索。

我开始调整全身镜角度，让太阳光能正好反射到对面的楼顶。紧接着，楼顶楼梯间的墙上，就出现了一个与全身镜形状相同的方形亮光。

"阿达看到的就是这束光吧？"

洋子也走了过来，看着楼梯间墙壁上的方形亮光。

"但是……这样就能顺利杀人了？这束光顶多让人眼花，不至于会让人失足坠楼吧？"

"那可不一定。"

凶手成功的概率应该只有十分之一甚至百分之一，至少是远不到百分之五十的。

"所以我觉得，他真正的目的并非杀人。多半是出于一种略带恶意的恶作剧心理，只是想吓唬一下达也而已。"

"恶作剧……"

"当然，即便如此，我们也不能就这么放过他，毕竟他的的确确杀了人。我一定会找出这个人的。"

"可是，你有线索吗？"

"没问题，我已经有计划了。你不用担心。"

她沉默地看着我，好一会儿后才移开目光。

"行，那就交给你了。但请在查出凶手后，第一时间通知我。"

我一边答应着，一边将全身镜拉回原位。楼梯间墙上的方形亮光，也随之消散在了蔚蓝的天空中。

那时候，凶手正好就身处这间服装教室——我的一切推论都是基于这一点。我不认为凶手是为了恶作剧而故意跑来这间教室的。利用全身镜反射阳光，应该也是他临时起意。

那么，现在最关键的问题就在于，那天下课后这间教室里究竟有谁。这也是我的首要调查目标。

"那天上课的是高二七班和八班。"

家政课的加藤老师非常耐心地回答了我的奇怪问题，或许他是猜到了我的问题跟那件事有关吧。达也的死最终被认定为意外死亡，只不过还有许多谜团尚未解开，所以依旧备受众人的关注。

"第六节课是七班和八班的课，没法在课堂上完成作业的人，是可以在放学后留在教室里继续做完的。但我听说事故发生时，教室里并没有人啊。"

"那谁是最后一个离开教室的呢？"

"这我就……啊，你来得正好。"

加藤老师叫住一个正巧路过的女生。她叫木岛礼子，是高二七班的副班长。她留着一头短发，加上小麦色的肌肤，一看就是个十分活跃的女孩子。

　　老师向她转达了我的问题，但她回答说"不知道"。

　　"是跟那件事有关吗？"

　　就在我有些失望的时候，木岛礼子又开了口。我轻轻点头。

　　"虽然我不太清楚，但是……"

　　说到这里，她稍微犹豫了一会儿。

　　"要是这样，我可以帮你查查看。"

　　"你帮我吗？这太麻烦你了啊！"

　　"没关系的。我很喜欢做这种事！"

　　木岛礼子的眼中闪烁着光芒，还顺便列举了三部她一集也没落下的刑侦电视剧。我从来不看这类电视剧，便礼貌性地附和了几句，顺势接受了她的帮助。

　　当天夜里，她就给我传来了第一个消息。

　　"最后离开教室的不是七班的女生，所以，应该就是八班的女生了。"

　　"这样啊，那我去八班问问吧。"

　　"不用，我来查一下就行。"

　　"但是，你们也不在同一个班啊。"

　　"没关系的。不过如果你从这些信息中发现了什么，也请一定要告诉我。"

　　这个要求让我感到有些为难，但我又的确需要木岛礼子的帮助，便敷衍地回了一句"等我发现吧"。

"那就等我的好消息吧!"

木岛礼子一副干劲满满的模样。

两天后,我听说了笠井美代子自杀未遂的消息。据说是服了安眠药,只不过没有达到致死量,所以很快就脱离了生命危险。这个消息是足球队的女助理告诉我的,而她则是从她在高二八班的好朋友那里听说的。

"听说她自杀未遂的事,几乎没什么人知道,学长可不要外传啊。"

还让我保密呢,自己还不是逢人就说。

当天晚上,木岛礼子再次打来了电话。一拿起电话,我就听到了她激动的声音。

"我查到了。那天最后一个离开服装教室的人,是笠井!不过我还没有和她本人确认过。因为她今天请假了……"

6

次日午休,我把洋子叫到校园的长凳处。她之前正在操场上打垒球。

我先是简单说了这几天发生的事。洋子听完,脸上的吃惊程度甚至不亚于前几天听我说"达也是被杀的"的时候。

"是笠井?"

我点了点头表示肯定。

"怎么会……可是为什么呢?"

"嗯……"

这一次,我摇了摇头,突然感觉自己就像个只会点头摇头的人偶。

"不知道……"

"不知道?那你为什么觉得笠井是凶手……"

"因为这是调查的结果。"

我把得到木岛礼子大力协助,以及笠井美代子自杀未遂的事情都说了一遍。洋子听完震惊不已,她似乎并不知道笠井美代子曾经试图自杀。

"木岛的行动动静似乎很大,还说过这和那起事故有关。这让笠井感到了危机,她才打算自杀的吧?"

对于这件事,其实我是有些愧疚的,我并不打算利用这件事将凶手逼上绝路。

"但是,为什么笠井会……"

"你有什么线索吗?关于达也的事情,你应该都听说过吧?"

"怎么可能啊!就算是达也的事情,我也不可能什么都知道啊。"

她微微摇了摇头。

我们沉默了一会儿。一个是女友,一个是好友,饶是如此也不敢说完全了解达也。

后来还是洋子先开了口。

"算了,我去见见笠井,让她告诉我真相。我相信她会跟我说实话的。"

"你去?"

"对。"

"这样啊……"

或许这是个不错的主意。面对洋子,也许笠井美代子会愿意说出真相。

"好,那这事就交给你了。"

毕竟我也确实没有什么更好的办法了。

三天后的星期天,洋子让我去了她家。她家的院子很大,房子就像是用一个个白色的盒子拼成的。洋子的房间在二楼。自从小学毕业后,我就再也没来过洋子家了。

"阿达自己也有问题。"

洋子一边喝着母亲端过来的红茶一边说道。

"阿达把笠井写给他的情书拿给英语俱乐部的其他人看了,并让那些人帮忙拒绝了笠井。这倒是很符合阿达的性格。可能他觉得这样会让女生不那么受伤,却不知道这么做反而更会让女生觉得被践踏了。"

洋子的声音中带着一丝烦躁,仿佛是在替笠井美代子发声似的。

"她哭着告诉我,她只是想小小地报复阿达一下,至少吓唬吓唬他,所以才会那样做。她也没想到结果会变成那样。"

"……"

"接下来的事,就和你推测的基本一致了。她发现有人在调查谁去过服装教室后,整个人都崩溃了,最终决定以死谢罪,偏偏又没死成，正在那里后悔呢。"

"……这样啊。"

听她这么一说，我倒不知该说些什么，也不知道这件事究竟是谁的错。也许谁都没错，也许他们都错了。

"轻微的蓄意啊。"

我突然想到这句话并说了出来。洋子听完，沉默不语。

7

凛冽的北风呼啸而过，像是要撕下我的耳朵一般。私密按摩的宣传单被大风吹到我的脚下，很快又飘去了其他地方。车站的天桥上怎么就这么脏呢？哪怕是白天，也定能看到一两摊醉汉留下的呕吐物。

一个面容疲倦的圣诞老人，以及一个捧着年末互助慈善运动募捐箱的女孩从我面前走过。这是一个有些奇怪却又司空见惯的场景。

我竖起风衣的领子，思考着为何要约到这种地方见面。也许这与我打电话时的心境一样吧——寒冷、干燥。

让我心境转变至此的，其实是一封来信。寄信人是行原俊江，也就是达也的母亲。

"虽然事情已经过去一年多了，或许你会觉得重新提起旧事已经毫无意义……"

这就是那封信的开头。看到这里，我已经不由得开始紧张了起来。我还以为，一直以来只有我和洋子二人知晓的达也的死因竟然被她发现了。

不过信中所提却并非此事。服装教室、全身镜以及笠井美代子的事情，达也的母亲似乎也都一无所知。

"前一段时间，我想着好久没打扫了，就整理了一下他的房间，结果就发现了这个。"

信中只提到她在打扫房间时，发现了"这个"。看到这里，我感觉自己拿着信纸的手已经开始微微颤抖。如果当时我知道这件事，或许结局就会完全不同。

毕业之后，昨天是我第一次返回母校，爬上了达也坠楼的楼顶，发现门居然没上锁。

站在楼顶，我解开了所有的谜团。其实，答案就藏在一个我意想不到的地方。与此同时，我也觉得自己仿佛被抽干了力气。我甚至想让真相永远埋藏在我心中，可我终究还是做不到。这一点，我太清楚了。

刺骨的寒风再次呼啸而过。

几个看起来还在上初中的女生压着裙子从我面前经过。我看着她们的背影，突然感觉旁边有人拍了一下我的肩膀。

"看什么呢？"

回头一看，洋子正笑容满面地看着我。今日她化了堪比职业女性的成熟妆容，脸上的神情倒是一如从前。

"最近喜欢这种小女孩了？"洋子讽刺了一句，正准备往前走。

"我不是来跟你约会的。"我开口道。

"是有些事想跟你说。"

"什么事？"

洋子有些疑惑地歪着头想了想，然后提议道："那我们去咖啡店坐坐吧。我发现有家店挺不错的。"

"不用了。"

我有些不耐地拒绝道："就在这儿说吧。"

"这儿？冒着寒风说话？"

你疯了吧——要是换作平时，洋子定会这么说。但今天没有，大概是从我的眼神里读出了我此刻的认真。

"是关于达也的事情。"

"阿达？……可是，我们不是说好了以后再也不提那件事？"

"这是最后一次。"我正视着洋子的脸回答道。

她盯着我的眼睛看了一会儿，然后移开了目光。

"好吧。那就在这儿说吧。"

她将手插进大衣口袋，俯视着天桥下方。堵在路上的车辆，就像比赛似的，纷纷猛踩油门排着尾气。路上还有不少卡车，大概是正值腊月的缘故吧。

仔细想想，我能和洋子独处，还真是件神奇的事情。在达也身边，我从来都只是一个配角。我的初恋，早已化作模糊的回忆，随着旧相册一同被埋葬。那件事过后，我和洋子的关系迅速升温，但我心里也一直觉得有愧于达也。对此，我只能劝慰自己：除了达也，洋子唯一愿意亲近的人就是我了。

不过，还是有点不对劲。

"当时……"

看着洋子白皙的侧脸，我开了口。

"直到现在，我依旧有个疑惑，达也为什么会一个人去那里呢？"

"那你现在想明白了吗？"

洋子面色如常。

"明白了。"我的声音中带着一丝绝望，"当时，他并非一个人，而是和你在一起。"

洋子听完，沉默不语，只是静静地望着天桥下方。我告诉她，达也的母亲给我寄了一封信。阿姨在打扫房间时找到的，正是达也去年用过的日程表，他坠楼那天的计划也写在上面。信中说，达也和洋子约好了当天放学后见面。

"那天放学后，你们其实在楼顶上见过面。达也就是在你面前掉下去的。"

"可是……目睹了现场的那些高一女生们，不是说了当时并无其他人在场……"

"楼顶上有楼梯口。"

我打断了她。"昨天，我上去确认过了。如果站在她们打排球的位置，你的身影就很可能会被楼梯口遮挡。"说到这里，我停顿了一下，"但是我想弄清楚的并不是这个问题。"

"昨天，我去找过笠井美代子。"

这一次，洋子终于有些动摇了，我能感觉到，她的呼吸突然停顿了几秒。

"一开始,她怎么都不肯开口,就像只紧闭外壳的牡蛎。直到我向她承诺绝对不会报警后,她才终于说了实话。据她所说,你的确就在达也旁边,但你要求她绝不可对外透露此事。作为交换条件,你也绝不会向警察透露达也死亡的真相。我不明白,为何你要隐藏当时你和达也在一起的事情呢?"

洋子突然扭头看着我,虽然脸色苍白,却带着一丝微笑。

"你真的毫无察觉吗?"

我摇了摇头表示不解:"但我有些推测。"

"让我听听。"

她就像等着听什么有趣的故事一般催着我继续说下去。我靠在天桥的栏杆上俯视下方。

"就像那天一样,我爬上了那个楼顶。然后,我站在我认为你当时站着的位置,回想了一遍当时的情景。于是,我发现了一件一直都被我忽略的事情,就是那面全身镜。当时从你站的位置,一定能看到服装教室窗边的全身镜。"

说到这里,我突然停了一下。

"接下来说的一切,都是我的想象,或者应该说是毫无依据的猜想。不过,请先听我把话说完。

"达也和洋子是一对相爱的情侣——两人自小学起,就是公认的一对佳偶。所有人都觉得,这两个人会永远在一起,绝不分开。但或许,这对你来说其实已经成了一种负担。每个人的想法都会随着年龄的增长而改变。虽然你并非厌烦了达也,或是厌倦了与他交往,但是,你很向往外面的世界。"

我们两人被包裹在一个灰色空间中。不知道在旁人的眼里,我们此刻是在做什么呢？可能会觉得这个男生正在苦苦哀求女生不要离开他，又或是正在和女友提分手……

"那天，阿达他……"

洋子缓缓地开了口。终于结束了，我暗暗想着。虽然我也不知道具体是什么结束了。也许是一切都结束了吧。

"他把我叫上楼顶，并告诉我，他打算报考北海道的大学。我虽然有点意外，不过很快就想明白了。因为他曾说过他未来想做个兽医。但是，他接下来说的话，却让我着实吓了一大跳。他让我和他一起去北海道，也报考北海道的大学。我太震惊了，以至于一时之间竟不知该说什么。就在这时，他又对我说：'我相信自己会爱你一辈子。为了你，我就是上刀山下火海，也在所不惜。'为了证明这一点，他爬上了楼顶的围栏。那时，我感觉他对我而言已经成了一种负担。无论是他对我的爱，还是我们的过往。"

"那你为什么不直接告诉他呢？"我问道。

"说什么？说我们分手吧？"

"你应该告诉他的。"

"如果我那样告诉他，你会愿意和我在一起吗？"

"我？"

我犹豫了。不，没有犹豫。答案显而易见——肯定不会。"朋友妻不可欺"的思想可能有些迂腐，但这就是我们之间的友情。

"对吧？所以我很痛苦。我就跟你直说了吧。从小学到初中的那段时间，不可否认，达也的确是我心中理想的男友。他那种不服输的性格，深深地吸引了我。可是升上高中后，他不再像以前那般优秀了，他习惯了认输，也开始甘于平凡。从那时起，我的心就移到了你的身上。虽然你不是最优秀的，但你身上有种执着拼搏的魅力。我喜欢那种眼里有光的人。所以，我这算背叛爱情吗？我只是个高中生而已，喜欢上别人又有什么错呢？"

洋子脸上的神情，让我有些看不懂究竟是哭还是笑。但那双忧郁的眼眸，却深深地烙在了我的心里。

"我不想再被囚禁在微不足道的爱情之中。我不想再以阿达女朋友的身份出现，而是想以佐伯洋子的身份继续自己的生活。然而，没有人会这么看我。我的人生，就像早早地就被人决定了一般……就连向喜欢的人表白都做不到。再加上阿达表现出的深情，更是压得我喘不过气来。恰巧就在那时，对面的教学楼里闪过来了一道亮光。我不否认，当时确实期待过那十分之一，甚至百分之一的概率。所以我有些期待地对他说：'阿达，你看那是什么？'"

她的声音很小，但在我听来却犹如晴天霹雳。谁能想到，萌芽于孩童时期的纯洁爱恋，最终竟以这样的结局收场？反射了阳光的人是笠井美代子不假，但提醒达也看过去的人，却是眼前的洋子。

洋子紧闭双唇，抬头望向夕阳，一行泪水从她被染成橙色的脸颊上滑落。我不知道她此刻的泪水是因何而流，又是为谁而流。

我不再开口，我想，今后我们也不会再见面了。

轻　微　的　蓄　意

　　我缓缓离开，路过的人们都忍不住在我和洋子的脸上来回打量。或许他们认为，这就是一个女人被男人抛弃的故事吧。
　　我随手接过了长发女孩适时递来的摇滚咖啡厅传单。

看着他的手势，弘美不由得联想到婴儿细嫩的脖颈，后背一阵发凉。一个成年人伸出长长的手臂，用力掐死睡在婴儿床上的弱小生命，她总觉得这种残忍的事情只会存在于小说中。

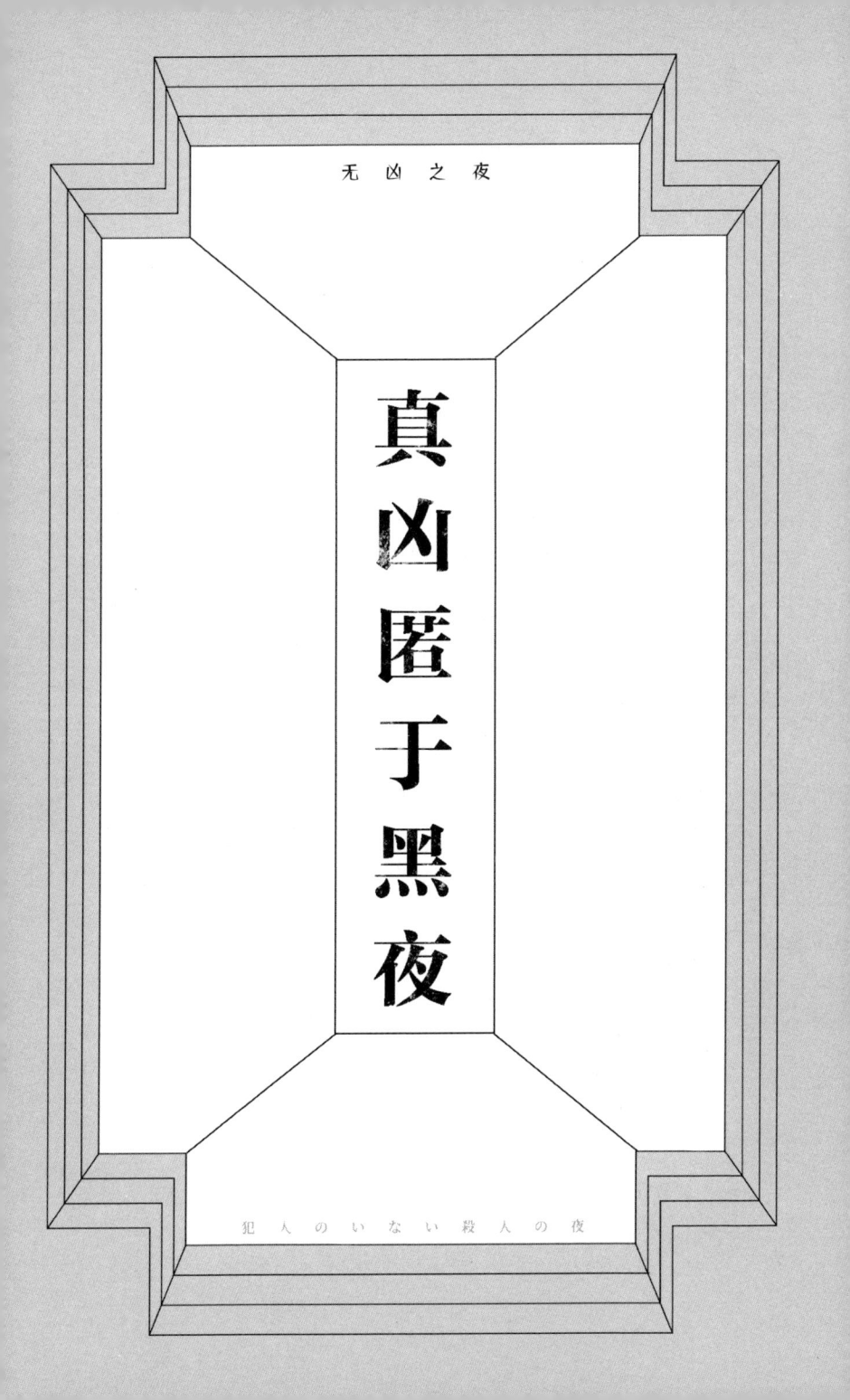

无凶之夜

真凶匿于黑夜

犯人のいない殺人の夜

1

微亮的晨光从窗帘的缝隙中透进屋内。

闹钟突然响起,就连空气仿佛也随之颤抖。原本平稳跳动的心脏骤然加速,永井弘美猛地从被窝中弹了起来。眯着还未适应亮光的眼睛,她伸手摸索着桌上的闹钟。无论按下多少次,闹钟都丝毫没有罢休的意思,直到拿起来看了一下时间,才知道原来罪魁祸首并非闹钟。

——这个时间……

此刻是上午六点五十分。这种时间会打电话来的,不是身在家乡的父母,就是自己的那些学生了。弘美裹着毛毯,起身接电话。摸到听筒的那一瞬间,弘美差点以为电话被放进冰箱里冷冻过了。

"我是永井。"

她的声音中还夹杂着三分睡意。

"喂……"

电话那头是一个略带迟疑的少年的声音。果然是学生——弘美心想,这是个熟悉的声音,但弘美一时想不出对方的名字或模样,直到听到对方又说了声"我是萩原"后,才终于想了起来。

"我今天……想请个假。"

萩原信二的声调略显低沉，这让弘美生出了一种不好的预感。

"怎么了？"

对方沉默了片刻后，才终于挤出了一句："我弟弟……"

"你弟弟？"

"……死了。"

"……"

这一次，轮到弘美沉默了。她首先想到的，是"萩原信二是否有弟弟"这个基本问题。

"因为生病？"

"不是。"

信二的语气，让弘美的心跳都不由得加快了。

"是被杀的。"

听到这里，弘美忍不住惊呼了一声，拿着听筒的那只手逐渐被汗水浸湿。

"是被人杀死的。我醒来时，发现他已经死在了婴儿床上……所以……"

2

弘美给学校的教务主任打了电话，说自己想去萩原信二家看看，请对方帮忙将第一节课改成自习课。看样子，学校里似乎还无人听说过此事。

她简要地说明了情况后,"公鸭嗓"教务主任很是吃惊,但马上就恢复了冷淡的语气:"可是,就算你过去,也帮不上什么忙吧?"

弘美顿时就被惹恼了。

"我觉得他现在一定很伤心。这种时候,哪怕得到一句安慰,他也会觉得好受很多。我必须过去安慰他两句。"

尽管已经努力控制,但她的音量还是相当高。大概是被弘美的气势给震慑住了,教务主任终于不再多说什么了。

——可是,我该怎么安慰他呢?

在前往信二家的路上,弘美一直思考着这个问题。从大学毕业算起,弘美已经当了三年的初中老师,但还是头一次遭遇这种事情。当然,学生亲属的葬礼,弘美也参加过两三次了。可这种情况,还从未有过。不过,就算是老教师,估计也没几个人遇到过这种事吧,弘美暗暗想着。

眼前是一片典型的日式住宅区,密密麻麻地排列着许多形状相仿的小房子,只有萩原家是白色墙体的欧式建筑风格,在一众房屋中散发着异样的光芒。萩原家不仅拥有一个极其宽敞的庭院,就连停车场也大得足以停下两辆轿车。不过,弘美之所以能立刻认出这是萩原家,并非因为其惹眼的外观,而是因为她看到了停在门口的几辆警车。

弘美从门口朝内一看,只见院子和玄关处都站着几个穿着制服的警察和相关人员。除此之外,院子里还有几个人趴在草坪上。

看到门口的弘美后,一个穿着警服的人过来询问她的身份,大概是觉得她探头探脑的样子有些可疑吧。

弘美说明来历后，那名警察的态度顿时就变得友善了许多，并表示这就去叫信二出来。这倒是帮了自己的忙，弘美心想。

信二出来了，虽然眼睛有点发红，但脸色看起来还不错。看到弘美后，他也不忘向老师问一声好。

"我的房间里没人。"

他的语气有些冷漠。

信二的房间在二楼，是一个大约八张榻榻米大小[①]的西式房间。挂着淡紫色窗帘的窗边摆着一张书桌，桌面十分干净整洁。地毯一尘不染，靠墙的床铺也被收拾得整整齐齐。

"你还挺爱干净的。"弘美说道，但信二什么也没回答。

随后信二打开了电暖器。微弱的光线渐渐亮起来，两个人坐在地毯上，默默地凝望着那抹温暖的朱红色。

"你弟弟……几岁了？"

话刚说出口，弘美就想起了信二提到过的"婴儿床"。

"三个月。"信二闷闷地回答道。

"这样啊……"

弘美还在想着该怎么安慰信二，毕竟自己就是为此而来的。可是，自己不管说什么，似乎都起不到任何作用。她突然有些不知所措。信二似乎看出了她的心思，便率先开了口。

"老师，您不必担心，我没事的。"

弘美有些惊讶地看着他的侧脸。

---

① 一张榻榻米的面积约为 1.62 平方米。——译者

"您能来，我就已经很高兴了。可能总觉得不太真实，我并没有特别难过。"

"是吗……那我就放心了。"

被安慰的怎么好像成了自己，弘美心想。

信二起身走向窗边，拉开铝合金框的玻璃窗后指了指左边。

"那就是我弟弟睡的房间。"

弘美走到他身旁，顺着那个方向望去。

"今天早上，六点钟左右吧。我还在床上睡着，突然就听到了一阵惨叫声。我赶紧起来，冲到我父亲的房间，只见那个人正抱着婴儿发了疯似的哭喊。"

"那个人？"弘美不解地问道。

信二一边粗鲁地关上窗户，一边说道："不就是我父亲的那个老婆？还用说吗？"

"哦哦……"

弘美这才想起来，他的亲生母亲在几年前就已经去世，他的父亲也于两年前再婚了。至于信二为什么会说"还用说吗"，她就不太理解了。

"通向院子的玻璃门没有上锁。"信二摆弄着窗户上的锁，"据说凶手就是从那里进出房间的。"

"但为什么会对这么一个婴儿……"

"据刑警推测，凶手本来只是打算入室行窃的，但看到我弟弟醒了，而且一副要哭的模样，便一时冲动下了毒手。不过现在还没有定论。"

"你父母没有发现？"

"房间里拉上了折叠帘，我弟弟是一个人睡的。当时是半夜，我父亲和那个人都在熟睡中，婴儿又不会抵抗……"

说到这里，信二又冷漠地补充了一句："哦，对了，他好像是被掐死的。"

"掐死？"

"嗯，窒息而死，据说他身上留有痕迹，只是外行人看不出来。"

信二说着，还比画出一个掐人的动作。

看着他的手势，弘美不由得联想到婴儿细嫩的脖颈，后背一阵发凉。一个成年人伸出长长的手臂，用力掐死睡在婴儿床上的弱小生命，她总觉得这种残忍的事情只会存在于小说中。

"那，你父母呢？"

信二微微歪着头道："嗯……我父亲应该在警察那边吧。那个人估计还躺在床上，听说她刚刚晕过去了。"

倒也难怪，弘美心想。

信二把弘美送到了门口。虽然四周还有一些巡逻的警察，不过警车数量似乎不如方才多了。

就在此时，一辆不知从哪里驶来的白色豪华轿车静静地停在了萩原家门前。拉手刹的声音响起后，引擎声停止，紧接着就看到一个三十岁出头模样、身穿灰色三件套西服的高个子男人从车内下来，并快步朝弘美二人走来。

"董事在吗？"

他的声音听起来竟十分年轻。

"在。"

信二朝着里面抬了抬下巴，语气十分冷淡。男人面色如常，似乎早就习惯了他的冷淡。对弘美礼节性地打了个招呼后，男人便快步走了进去。

"那个人是？"

信二看着那个男人走进玄关后才答道："公司里的人，我父亲的下属，很优秀。"

"哦……是哪方面的优秀？"

"嗯……"信二一脸认真地摇了摇头，"不知道。"

弘美轻轻地拍了拍他的肩膀。

"好了，你要坚强一些哟。"

信二微微一笑。

"不用担心。我真的没事。"

"那就好……"

在信二再三表示自己没事后，弘美才转身离去。看到信二比自己想象中的还要坚强，弘美也不由得松了一口气。但她注意到信二的眼睛有些红肿，看到惨死的弟弟，他也曾大哭过一场吧。绝不能放过凶手——弘美对着自己的影子自言自语道，仿佛那影子就是神秘的凶手一般。

3

回到学校，消息似乎并未传开，不过初三年级的班主任们大都已经知道了。应该是从教务主任片冈老师那边听说的。

"听说是谋杀？"弘美还没坐稳，旁边的数学老师泽田就迫不及待地问道。

弘美很讨厌这个男人。除了因为他爱抽烟，逼得她不得不日日饱受二手烟的折磨外，另一个更重要的原因在于，他是个极其碎嘴的男人。

"萩原的弟弟，应该是个小学生吧。这也太残忍了。"

一股股烟味随着他的嘴巴一开一合扑面袭来。

为了避开这股臭味，弘美站起身说道："三个月大。"

看着泽田目瞪口呆的模样，她不免觉得有些痛快。

去上英语课的途中，教理科的老师早濑叫住了她。早濑四十四五岁的样子，身材高大，头发虽有些花白，但胜在十分浓密。他还兼任着升学就业指导主任一职。

"萩原一定很伤心吧。"

早濑的声音听起来十分沉稳有力。

"不，比我想象中的要好很多……"

接着，弘美将早上看到信二的情景详细地说了一遍。早濑频频点头，看起来似乎放心了不少。

"那就好。毕竟现在可是最关键的时候啊。"

"是的……"

现在是十二月初，距离私立高中名校的入学考试只剩下不到两个月的时间。

"萩原准备报考 W 私立高中。要是分心，可就危险了。"

"我明白。"

那可是一所全国顶尖的高中，来自其他县的考生也不在少数。就弘美所在的初中而言，每年只有一两个能考进这所高中。不过萩原信二还是很有希望的。

"我觉得他应该没问题。一直以来，他都是个冷静稳重的人。"

"对了，您在萩原君念初二那年，好像当过他们班的班主任吧。"

"是的。但我一直都不太了解他。"早濑说着，无声地笑了一下。

到了下午，也不知是从何处泄漏了消息，早上的事情已经在学生间传开了。弘美在走廊上走着的时候，甚至还会被学生叫住询问传言的真伪。无奈之下，她只能采用含糊其词或是转移话题的方式打发走他们。

一直到第五节课结束走出教室，初三二班的筒井典子也来询问真相之时，弘美才终于没法再糊弄过去了。她知道，典子是萩原信二的女朋友。

"他们说的，是真的吗？"

身材娇小的典子一脸恳切地望着弘美。看着典子，弘美感到无比沉重，只能照实回答。

"是真的。"

话音刚落，典子的脸庞立刻变得通红，眼眶也慢慢开始泛红。

"前不久，我还去看过那个宝宝呢……"

"是去萩原君家里了吗？"

"是的。去和他一起学习……那个宝宝很可爱，长得很像萩原君。不过我当时这么说后，萩原君有些生气地说根本不像……"

典子咬着牙。

"去送送那个宝宝吧。"弘美平静地说道。

典子默默地点了点头。

回到公寓后，弘美从当天的晚报上得知了警方的调查进度。初步认为，凶手是从屋后的围墙翻入住宅，横穿院子后进入那个房间的。室内并无太多被粗鲁翻找的痕迹，所以应该是凶手刚刚潜入没多久，婴儿就开始啼哭了。关于指纹的调查尚在进行中，目前还没有发现有价值的线索。

——但是，这就奇怪了。

弘美拿着报纸感到十分疑惑。

——为什么没有上锁呢？

她觉得有些不可思议，孩子睡的房间怎么可能不上锁呢？

当然，人非圣贤，每个人都难免会有疏忽的时候。也许是孩子的妈妈误以为已经上过锁了，但其实没锁。然而，接下来才是最关键的问题。

——为什么凶手知道当天门没有上锁？难道是凶手本就在物色合适的潜入路线，碰巧发现了那扇门没上锁？要真是那样……

这可真就是一场令人难以置信的不幸了，弘美心想。

4

晚上六点过后，萩原丽子终于能回答刑警的问题了。

起初，她因悲伤过度而精神错乱，吃了安眠药后一直睡到下午四点左右，醒来后也不停地喊着孩子的名字，根本没法回答任何问题。

对她的问话，是在萩原家的客厅里进行的。

"也就是说……"县警察局搜查一科的高间刑警温柔地问道，"夫人是在大约十一点钟上床睡觉的，萩原先生出差回来时，大约是夜里的十二点……对吗？"

"是的。"

回答的人，是在旁撑着丽子身体的萩原启三。他略有些稀疏的头发很是凌乱，脸上的皮肤也有些松弛，看上去十分憔悴。听到丈夫的回答后，丽子沉默地点了点头。

警察已经事先对启三做过调查了。从启三的证词来看，他昨天因公出差，原打算住在外面，但因为工作提前结束，虽已是深夜，便还是临时决定回家。

到家时，已是深夜十二点左右。

"萩原先生到家时，夫人是否醒来过呢？"

尽管房内开足了暖气，身上还裹着一件厚外套，丽子也依旧在不住地颤抖着。她的五官十分深邃，是个娇艳的大美人，可此刻她却脸色惨白，就连开口说话，嘴唇的动作也显得有些笨拙。

"醒……过。"

"我明白了。那后来，是立刻又睡过去了吗？还是说，比如在床上想了三十分钟的事情之类的？"

"也许有吧……但记不太清楚了。"

"想来也是。所以当时，您并未听到任何动静是吗？"

丽子有些无力地点了点头。

随后，警察就开始询问关于锁门的问题。一听到锁门，她就忍不住再次哭了起来。

"都怪我。如果我能记得锁门，就不会变成这样了……"

启三沉默着。他紧锁眉头，眼里是难掩的悲痛，但眼下也只能先撑住摇摇欲坠的妻子。

"您以前也会时常忘记锁门吗？"

似乎是为了证明自己从未这样过，丽子拼命摇着头，就连整个身体都跟着晃动了起来。

高间刑警又问了许多类似的问题，比如家里是否遭过贼，附近是否出现过可疑人物，等等，大概是想通过一些线索来锁定凶手。

"那么最后——请允许我问一个失礼的问题——请问，您二位是否有与人结过怨呢？"

夫妻二人对视了一眼，大概是没想到会被问到这个问题。

两人都并未立刻回答。片刻后，启三问道："您是觉得……凶手是为了报复我们，才对孩子下了毒手吗？"

高间面无表情地说道："我只是觉得……凶手实在太过残忍了，并没有别的意思，还请二位不要误会。"

听完，夫妻二人再次对视了一眼。接着，启三作为夫妻俩的代表回答道："不会的。无论是做好事还是坏事，我们俩都不会对别人产生那么大的影响。"

走出萩原家后，高间刑警和年轻的日野刑警又在附近走了一圈，才朝车站走去。

"但是，怎么说呢……"高间微微撇了撇嘴，"这案子真让人讨厌。"

"确实很讨厌。"日野附和道。

"很讨厌！杀人案我见多了，但这次的案子也太……就算是个恶魔，也有自己的规矩，或者说原则吧……比如只有这个是绝对不能做的……"

"底线。"

"对对，就是底线。如果真有那种底线，那这次的凶手就是突破了底线。如果没有，那我真希望他们能快点加上一条'不能杀害婴儿'。"

"不忍心看啊。"

"是的，很不忍心。"

高间皱着眉头点了点头。

接到报案赶到现场时，婴儿的尸体还躺在婴儿床上，看起来就像是睡着了一样，只是皮肤全无光泽，身体也已有些变色。饶是见惯了尸体的高间，也忍不住感到后背一阵发凉。与此同时，多年前看过的一部名为《罗斯玛丽的婴儿》的电影也突然浮现在脑海中。故事的具体情节已然忘却，只记得里面出现过一个长相丑陋的婴儿。

"初步判定，是被掐死的。"鉴证科的人平淡地说道。高间随口"嗯"了一句，但还是觉得难以置信。

用手捏死如此娇嫩幼小的身体——想到这里，他就忍不住泛起了恶心。

"附近的人都调查过了吗？"高间问道。

日野有些沮丧地摇了摇头。

"目前还没找到目击者。推定死亡时间是凌晨两点到四点之间，这种时候还醒着的人，可不多啊。"

"找不到线索啊……"

"目前是的。"

高间低声"嗯"了一句。

两人到达车站后，便坐上了开往辖区警察局方向的电车，搜查本部就设在那里。

这条线路平日里并不拥挤，只是这会儿正好是乘车高峰期，车上已是座无虚席。高间将身体的重量全部压在抓住吊环的右手上。

"我实在想不明白。"他低声道。

"您指什么？"

"就是玻璃门的锁啊。只是昨晚忘了上锁，偏偏就这天遇到了贼人。"

"您的意思是太巧了吗？"

"你不觉得吗？"

"如果这里真有疑点，那就说明，萩原家有共犯？"

"不行吗？"

"这个嘛……"日野歪着脑袋思考，"至少，这件事超出了我的理解范围。"

"我也理解不了。"高间闷闷地说道。

5

次日，高间和日野二人再次来到萩原家附近调查线索。邻居们听说了萩原家的变故后，都表示一定会积极配合调查。可即便如此，二人也并未得到任何有价值的线索。

就像日野所说的那样，凌晨三点，基本上大家都睡着了。

走了好多户人家，才终于从一个主妇那里得到了些可能有用的线索。据说那主妇有个亲戚也住在附近，而那户人家里有个独生子特别喜欢半夜出门慢跑，似乎还总会路过萩原家门口。

"深更半夜慢跑？"

高间睁大了眼睛。

"他是个复读生，已经复读两年了，一般是白天睡觉，晚上学习。如果学习累了，他就会出去慢跑，放松心情。他似乎很喜欢这样的作息，还说自己就是'丑时三刻的慢跑者'……"

得知这个消息后，两个人立即直奔那个复读生的家。他家距离萩原家有点远，所以一开始并未被纳入警方的调查范围。

"丑时三刻的慢跑者……"高间苦笑道，"世上居然还有这种人呢。"

"考生大都缺乏锻炼。不过，要是真让那个人看见了什么，我们还得感激人家的这个习惯呢。"

"确实。"

高间点了点头。

二人到达门口时，这位名叫光川干夫的考生正躺在被窝里睡觉。此时已是正午，二人只好拜托干夫的母亲喊他起床。大约十分钟后，他终于穿着睡衣，睡眼惺忪地出现了。

"不好意思，我们是不是吵醒你了？"

听到高间的道歉后，干夫只是冷淡地回了一句："没有。我刚躺下。"

干夫表示自己并不知道此事，因为自己平时几乎不读报纸，也不怎么和家人聊天。听完事件的经过后，他也没有表现出什么特别的反应。

当被问及慢跑的事情时，他颇有些自豪地说："其他愣头青考生可不会去慢跑。"

"那么，你昨天也去跑步了吧？"

听到这个问题后，干夫搔了搔那头乱蓬蓬的头发。

"昨天没有。"

"没跑吗？为什么？"

"昨天有点感冒，不太舒服。"

"这样啊……"

高间与日野对视了一眼后，轻轻地叹了口气。似乎没有继续问下去的必要了。满怀期待而来，看样子最终也只能垂头丧气地离开。

"那么，我们再问下去也不会有结果？"

"是啊。"

高间和日野正打算离开，干夫接下来的一句话却让他们立即停下了脚步。

"除了那天晚上的话，我倒是看到过一些有意思的事情。"

高间连忙问道："有意思的事情？"

"就是……"干夫耸了耸肩，"我几乎每天都会路过那里，偶尔会看到一些让我觉得很奇怪的事情。"

"能说给我听听吗？"

高间再次坐下。

"或许算不上什么大事。我路过那栋房子时,偶尔会看到路边停着一辆车。可是等我再跑过那里的时候,却发现那辆车已经开走了。这样的事情,大概一共出现过五次。"

"车……是什么牌子的车呢?"高间激动地问道。

可干夫却只是冷淡地说道:"不知道。"

"只有上了大学后才会对车感兴趣吧。不过那车一看就不是普通的便宜货。车身是白色的,而且还挺大。"

"开车的人长得怎么样?"

"我从来没见过那个人。每次车内都没有人。"

"你记得大概是从什么时候开始的吗?"

"大概一个月前吧……"

高间二人又问了两三个问题,然后便告辞离开了。

"你怎么看?"坐在车站前的咖啡店里,高间一边就着咖啡吃三明治,一边问道。

"有两种可能。"日野则一边往嘴里快速扒着咖喱饭,一边说道,"一个是凶手出于事先踩点的目的,另一个就是有人悄悄进出过萩原家。"

"前一个可以直接排除。哪有人明目张胆地开车踩点?"

"那就是……"

"应该是出轨了吧。"

二人虽然用了推测的措辞,但语气却十分肯定。

"萩原丽子还那么年轻。启三一个人,估计满足不了她吧,而且据说启三还总是出差不在家。"

"所以,丈夫一出差,就把情人喊过来?说起来,事件发生当天,启三也出差去了,原本打算不回家的。"

"没错。那天晚上,情人也来了。他们根本没料到启三会突然回来。丽子没锁门也是这个缘故。"

"然而,启三提前回来了。所以那个男人进屋时,启三都已经躺在床上了。男人正准备马上离开,婴儿却突然哭了起来。"

"他担心吵醒启三,便一不做二不休,对婴儿痛下杀手。这么说来,当时丽子应该已经睡着了吧?再怎么担心出轨被发现,也不至于眼睁睁地看着自己的孩子被人杀死吧。"

"这是自然。"

饭还没吃饭,二人便猛地起身离开了。

6

距离案发之日已经过去五天了,但萩原信二依旧没来学校上课。葬礼也已经结束,萩原应该没有理由再请假了吧。永井弘美用学校的座机打了好几个电话过去,可就是没人接听。

——难道是出了什么事?

弘美始终放心不下,便在放学后去了一趟萩原家。算上葬礼,这是她第三次登门拜访了。葬礼那天,她见过信二,当时信二看起来精神还不错。

和前两次来这里时相比，今天的院子显得冷清了许多。之前来的两次，一次是案发当天，另一次是葬礼当天，全都是院子里站满了人的时候。加之今日天气阴沉，屋里又没有开灯，自然就显得更加寂寥了。

稍微犹豫了一下后，弘美按下门口的门铃。也不知屋内的铃声究竟是否响起，总之等了半天也不见有人来开门。弘美只得站在原地等待，任由时间徒然流逝。

等了两三分钟后，她终于决定转身离开。看样子家里没人，再等下去也没什么意义了。

然而就在这时，门铃应答器内传来了一个声音："请进吧，老师。"是信二的声音。

弘美连忙朝着门铃应答器说道："萩原君，你怎么……"

"您先进来，我再慢慢告诉您。玄关的门开着。"

弘美叹了口气后走进大门。这时，她忽然发现原本停在车库里的两辆车，其中那辆稍大一点的轿车不见了。

一打开玄关的门，信二的笑脸就映入她的眼帘。今天家里似乎只有他一人。

"你怎么不去上学？"

"等一会儿再教育我。"

信二开心地将她请进了房间。

"门铃应答器响起后，我会站在这里先用这个看看来的是谁，要是不想见的客人，那就当没看见好了。"

他拿着望远镜站在窗边。确实，从这里能清楚地看到屋外的情景。

"我也打过电话，可是没人接。"

"光听铃声怎么能判断这是谁来的电话？所以我是不会搭理的。"

"你父母呢？"

"不在。"信二一脸轻松地说道。

"不在……"

"父亲去公司了，那个女人不知道去哪里了。两个人都不回来。"

信二一屁股坐到床上。"老师应该还记得吧，案发当日，有个装模作样的男人来过，开着一辆白色的皇冠车。"

"记得。"弘美点了点头，"你说过那是你父亲的下属，还说他是个很优秀的人。"

"那个人被抓走了。"

"什么？"弘美一时没听懂他话中的意思，所以面不改色地问道。

"那个人名叫中西，好像跟那个女人有一腿呢。虽然我不知道具体情况，但据说只要我父亲出差，那个人就会半夜摸进我家。恰巧案发当日，我父亲也出差去了，所以警方怀疑，那个人当晚也来过我家。"

继母出轨父亲的下属——这件事从信二嘴里说出来，就像是在讨论同学家的事似的云淡风轻。

"好像昨天警察去公司把中西带走了。我父亲昨天去公司上班后，就没回来过了。家里来过警察，问了很多关于那个人的问题。我躲在角落偷听了好久，那个人否认了自己出轨。不过当天夜里，她就跑出去了，一直也没回来过，其实就等同于承认了吧。反正家里还有很多现金，我一个人待着，也乐得轻松。"

"你能猜到你母亲去哪儿了吗?"

"猜不到,也没必要去找她。"

"但是……"弘美看着信二思考着,"如果那个叫中西的人真是凶手,我想你母亲是不会否认出轨的,否则就成了包庇罪犯。"

信二没有回答,向后躺倒在床上,沉默地看着天花板,过了一会儿,才挤出了一句:"谁知道呢!"

弘美一时不知该做些什么,便四下看了看信二的房间。课本和笔记本被摊开了放在桌上,台灯也亮着。这种情况下还能自主学习,这让弘美觉得十分不可思议。

"那么……"她这才想起来今天来此的主要目的,"你还不准备回学校吗?"

"学校啊……"

信二猛地起身,打开书桌的抽屉,在里面翻找了起来,接着拿出一个小瓶子递给弘美。

"这个送你。"

这是一只香水瓶,瓶上贴着"Vol de Nuit"的标签。弘美知道这种法国香水,名字叫作"午夜飞行"。

"你怎么会有这种东西?"她问道。

"你就别管了。"信二道,"反正是送给你的。"

"这种东西,我不能收。"

"你就收下吧。"

"不行。"

弘美的语气十分强硬。信二的脸色一下子沉了下来。

"好吧,那请答应我一个请求。"他的声音很低,"现在喷一点点，好吗？"

他用一种近乎哀求的目光看着弘美。

这种无助的眼神，让她实在不忍心拒绝。

"就这一次哟！"

她打开瓶盖，用中指沾上一点后涂在耳朵下方。甘中带苦的香味瞬间弥漫整个房间。

"这样可以了吧？"弘美问道。

信二踌躇片刻，再次哀求道："我可以凑近一点闻闻香味吗？"

弘美犹豫了一下，随后答道："好吧。"她向来对这种眼神毫无抵抗力。

信二走到她面前，慢慢凑近她的脸，伸长鼻子轻轻吸气。

"好香啊。"

"行了吧？"

弘美盖上盖子，正准备把香水还给信二，对方却突然扑了上来。但信二的目的似乎并非袭击她，而是将她紧紧地搂住。将弘美扑倒在地后，信二立刻跨到她的身上。

"你要干吗？快给我住手！"

弘美拼命挣脱，但她根本不是信二的对手。他的力气太大了。她能感觉到信二的嘴唇正在逼近自己的脖子。

"住手，你这臭小子！"

弘美猛地举起右手，一巴掌打在了信二的耳朵上，发出"啪"的一声。挨了一掌后，信二手上的力气不由得松了几分，弘美这才趁机从他的怀里挣脱出来。不过短短片刻，弘美已经浑身是汗。

信二仍然趴在地上。弘美站在一旁，静静地俯视着他。

谁也没再说话。寂静的房间内，只剩二人粗重的呼吸声在回响。

"你到底……要干吗啊？"弘美俯视着他，再次问道，但声音已不似先前那般尖锐。

信二呼吸急促，后背剧烈地起伏着。不过，弘美很快发现他好像在微微颤抖。

"萩原君……"

信二没有回应，只是握紧双拳，全身紧绷，像是在忍受巨大的痛苦一般。过了一会儿，他才呻吟般地说了一句"对不起"。

"你到底怎么了？"

"对不起。"他趴在地上再次道歉，"请你回去吧。"

弘美拿起提包和外套，走出房门。信二还是没有动弹。

弘美看着他的后背问道："你明天……会去学校吗？"

见他毫无反应，弘美轻叹一口气后，朝大门走去。

7

中西幸雄始终不肯承认罪行，无论是杀害婴儿的事情，还是与萩原丽子的奸情。警方至今都没有掌握任何实质性的证据，所有人的脸上都写满了焦虑。

"想不明白啊。"高间在烟灰缸里掐灭烟蒂后，愤愤地说道。

"中西和丽子明明就有一腿,这绝对错不了。而且案发当天的晚上,中西也的确潜入过萩原家。"

基于复读生光川干夫的证词,高间和日野先从萩原家的交际网中罗列出所有开白色豪华车的人,再从中挑出可以在夜里自由活动的人,也就是单身,或等同于单身的人,最后从中找出能够与萩原丽子经常见面的人。

很快,他们就锁定了中西幸雄。他是萩原启三的得力助手,自然可以时常进出萩原家,和丽子见面也就不是什么难事。此外,他的爱车是一辆白色皇冠。警方让光川干夫看了那辆车的照片后,他说了一句"有点像"。虽然不是肯定的语气,但至少也算句证词了。不仅如此,除了案发当日的晚上外,其他所有启三出差的日子,中西都没有确凿的不在场证明。

只不过,警方一直没有找到决定性的证据。

"没关系,那狐狸尾巴迟早会被我们揪出来。"

坐在一旁的日野单手握着茶杯,语气十分坚决。

"你有这种决心,我很开心。只不过我想不明白的并不是这个。"

高间从烟盒中抽出一支被压弯的香烟。

"我想不明白的是萩原丽子的心理。"

"丽子的心理……吗?"

"嗯,既然丽子知道中西在那天夜里来过,那肯定能猜到杀死自己儿子的人就是他,也一定会有所行动才是。至少,到了目前这种时候,她应该会对我们坦白一切,并让中西接受法律的制裁。可她却什么也没做。不仅如此,她还躲起来了。为了隐瞒奸情,就连杀子之仇都能放下？"

"确实，应该不能吧。"

"是吧？所以我才怎么也想不明白。"

高间焦躁地吐出了一口烟。

当天傍晚，萩原丽子终于出现了。前几日她突然失去音信，让调查组一直焦虑到现在，所以听到这个消息时，高间兴奋得直接跳了起来。

"看来，她终于下定决心说出一切了。"

高间精神振奋地走向询问室。

丽子看上去很憔悴，脚步虚浮，乍一看还以为是个梦游者。她脸上没有化妆，皮肤看起来也很干燥。

高间先问了她最近住在哪里。她说住在女性朋友的公寓里。

"我在那里想了几天。"

"想……了什么？"

"想凶手是谁。"

高间看着丽子的脸。她的脸上没有一丝精气神，眼睛一直盯着某个地方，像是有什么心事。

"萩原女士，我们希望从您口中听到真相。这个案子，很快就会有答案了。那天晚上潜入您家的人，是中西幸雄对吧？"高间盯着丽子的嘴角问道。

她微微颤抖着嘴唇答道："是的……"

高间长舒了一口气，正准备起身告诉同事这个消息。

丽子突然补充道："中西确实来过，但他不是凶手。"

高间停下脚步，抓住她的肩头。

"你说什么？"

丽子继续淡淡地说道："那个晚上，中西的确来过。知道他来了以后，为了不让丈夫察觉，我小心翼翼地从床上起来，透过窗帘的缝隙告诉他：'今晚我丈夫在家，赶紧回去吧。'然后，我站在原地一直看着他翻墙离开。所以，他根本就没碰过我的孩子。"

8

距离萩原信二弟弟被杀一事，已经过去十天。永井弘美终于恢复了以往的生活。离入学考试只剩最后两个月，她不能再受那件事的影响了。

昨天，信二也终于来学校上课了。虽然坐在自己的座位上，但他总是凝视着窗外，也不愿意和同学们说话。弘美暗暗期待着他能变回从前的样子。

今天放学后，弘美被教务主任叫了过去。光头教务主任本就长相凶恶，此刻更是一脸不快。

"刑警来了。"

"刑警？"

"在会客室。应该是和萩原的事情有关。我要求一起旁听，但被拒绝了。"

难怪他一脸不快。

前往会客室的途中，弘美一直思考着刑警们的来意。一定是关于那件事，但为什么会叫自己过去呢？

来的是一名中年刑警和一名年轻刑警。中年刑警身材较矮，身上的西装看起来皱巴巴的，年轻的那位则要高挑一些，穿着一身剪裁考究的三件套西装。这两人形成了有趣的对比，可不知为何，弘美总觉得他们其实很相似。

二人先是做了自我介绍，一位是县警高间，另一位是他的同事日野。

接着，高间简单地说明了案件内容，以及对中西的审讯结果。弘美虽然早就从信二口中得知了此事，但还是在警察面前装作很惊讶。

直到听到刑警说丽子已经出面证明中西无罪后，弘美这才真的大吃一惊。

刑警说道："母亲不可能包庇杀害自己孩子的凶手，所以我觉得这个证词是十分可信的。"

"确实是这样。"

弘美点点头。

"于是，我们的调查陷入了僵局，更确切地说，是重新回到了原点。到底谁才是真正的凶手？我们需要重新确定调查方向。"

弘美不明白刑警这话的意思，也不知道为何他们要对自己说这些，只是心中涌起了一阵不安。

"所以，我们想问您一些关于信二君的情况。"

似是看懂了弘美的不安，刑警立刻点明了找她的目的。弘美吃了一惊，连忙坐直身体答道："好的。"

"事件发生后，他怎么样？有什么特别的变化吗？"

"嗯，多少是有一点的。"

"嗯，毕竟发生了那样的事嘛。"

刑警的话有些意味深长。

"他跟你说过案件相关的事情吗？"

"说过一点。"弘美回答道。

"说过他母亲发现他弟弟尸体时的情景吗？"

"说过，他说当时他是被母亲的惨叫声惊醒的……"

"没错，没错！"

刑警用力地点着头，似乎整个上半身都在随之颤动。

"他说是被惨叫声惊醒的，对吧？"

"怎么啦？"

弘美一脸讶异，高间刑警则是一脸严肃。

"问题就在这里。"他继续说道，"我们昨天又去了一趟萩原家。因为既然决定重新调查，就要先回到案发现场。没想到，我们偶然间发现了一件奇怪的事情。"

一番话说得云里雾里，弘美盯着对方的嘴角，思考着他为什么要对自己说这些。

"我们发现，无论他父母的房间里发出多大的声音，都几乎传不到信二的房间里，因为他们之间隔着好几个房间。至少，不可能吵醒一个熟睡的人。"

弘美思考了许久，才终于明白这番话的意思。高间刑警似乎也在耐心等她想明白，于是缓缓点燃一支香烟，深吸一口后轻轻吐出了烟雾。

弘美望着在空中摇曳的白色烟雾,有些疑惑地问道:"您的意思是,萩原君在说谎……"

"只有这种可能了。"

那位名叫日野的年轻刑警第一次插话。

"但是……那孩子为什么要撒谎呢?"

"这还不是唯一奇怪的事情。"高间挪了挪身体,微微前倾道,"事发当天下过雨。所以地面比较松软,中西翻墙时留下的脚印依旧清晰可见。那么,如果那天晚上还有其他人潜入过,又怎么会不留下脚印呢?可我们搜遍了整栋房子,都没有找到类似的脚印。不仅如此,我们也没有找到任何有外人潜入过的痕迹。"

弘美终于明白高间到底想说什么了,也明白了他为什么要这么拐弯抹角地说话。她不禁觉得口干舌燥,手心直冒汗。

高间看着她,平静地继续说道:"您应该明白了吧?简单来说,凶手不是外人。结合前面提到的矛盾,我们认为萩原信二君很可能就是杀死他弟弟的真凶。"

弘美感觉脑子里好像突然有什么东西炸开了。

"为什么……"

她终于挤出了这个问题。

高间将双臂交叉于胸前。

"为什么……是啊。最重要的一点就在于,信二为什么要杀死他弟弟?我们今天来此的主要目的,就是想和您讨论一下这一点。"

"讨论吗……"弘美一脸茫然地摇摇头,"可我什么也不知道啊。"

"确实是这样。不过没关系,您只要根据信二君的性格来判断我们提出的推理是否成立,并提出您的意见就可以了。"

"你们已经有眉目了吗?"

尽管自己什么也不知道,但弘美依旧生出了一种无力感。

"比如,您觉得有没有可能是这种情况:信二君本来一直是家里唯一的孩子,备受父母的宠爱,可弟弟出生后,父母就开始忽视他,于是他心生嫉妒……"

"这不可能。"弘美斩钉截铁地反驳道,"如果是小学生,倒是不排除这种可能性,初中生怎么可能会这么想?更何况萩原君还是个很独立的孩子。"

"您所说的也有道理。那会不会是这样,信二君和他的母亲丽子素来不和?从我们走访调查的结果来看,信二君似乎一直都在躲避丽子,不愿意承认她是自己的母亲。然而,丽子和自己的父亲生下了孩子,这也就意味着她作为萩原夫人的地位已经不可撼动。看着父亲与继母感情越来越好,信二越来越觉得自己成了这个家里唯一的外人。他接受不了这个事实,便决定杀死自己的弟弟,也就是父亲与继母之间的情感纽带。"

刑警激动地说着,弘美则呆呆地看着对方的嘴角。她实在说不出"不可能",甚至就连她也觉得,这个推测确实颇为合理。弘美知道信二与继母的关系并不融洽,却从没想过他会因此变得如此偏激。不过,也许只是自己还不了解学生吧。

"我不敢说绝对不可能。"她叹了口气说道。

两位刑警满意地对视了一眼。

"但我实在不敢相信,那孩子会杀掉自己的弟弟,哪怕只是异母弟弟……据说他曾经还高高兴兴地带女朋友见过弟弟呢。听到女朋友说弟弟长得很像他时，他还会觉得不好意思……"

"但他的确杀了他弟弟。"高间一脸严肃地看着年轻的女教师，"我也听说过他们兄弟二人长得很像。但很遗憾，凶手就是他。"

"很遗憾。"

弘美失望地垂下了头。

"那么，我们就先告辞了。"

刑警起身准备离开。

弘美抬起头看着他们问道："是要去荻原君家里吗？"

高间点头称是。

"但不是为了逮捕他，只是希望他能出面说明情况。"

"那么……"弘美一脸恳求地望着高间，"能答应我最后一个请求吗？"

9

当天晚上七点左右，弘美再次来到了荻原家。她沿着被路灯照亮的狭窄街道，慢慢地向大门走去。不用多久，刑警们也会抵达这里。她向刑警们提出的请求，就是让她再见一次信二，和他聊聊。

"我想见见他，听他亲口说出真相。"

刑警答应了她的请求。

门前一片昏暗。或许这栋房子的门前一直都是这么昏暗吧，弘美心想。

正准备按下门铃，弘美突然发现似乎有人正朝她走来，而且对方似乎也在看着她。黑暗中出现的是一位约莫三十岁的苗条女子，长着一双长而清秀的眼睛。弘美心想，这一定就是萩原丽子了。

"来我家里有什么事吗？"女子面无表情地问道。

果然是丽子。

"我想找一下信二君……哦，我是他的班主任永井。"

弘美轻轻点头致意，丽子则只是非常冷淡地"啊"了一声。

"信二去上课了？"

"是的，昨天开始……"

"精神不错？"

"嗯，虽然不如以前，但也……"

"是吗……他恢复得可真快啊。"

丽子转头望着院子里。她的语气冷若冰霜，让弘美不禁打了个寒战。

很快，丽子又将视线转回到弘美身上。

"不好意思，可否请您先回去？我还有些事情要处理。"

丽子随意地撩了撩头发。见此情形，一句"可是"还未出口的弘美还是决定作罢。她感觉自己似乎受到了一股令人战栗的冲击。

"失陪。"

丽子微微点头后走进大门。仿佛被无形的力量束缚了一般，弘美依然呆呆地站在原地。两名刑警迅速跑了过来。

"怎么了？"高间气喘吁吁地问道。

"她让我先回去……说自己有些事要处理。"

"有事处理？"

"难道是打算收拾行李？"日野板着脸说道。

"糟糕！"一旁的高间有些懊恼道。

"丽子要杀信二。"

话音刚落，就见高间冲进了萩原家的大门。日野紧随其后。弘美只是茫然地看着他们的背影。

他们进去多久了？应该只有几分钟吧，但弘美却感觉自己已经在这里等了很久。她不敢想象里面现在会是什么样子，但又在努力逼迫自己不离开这里。

听到玄关的门被粗暴地推开后，弘美抬起头。与此同时，借着屋内的灯光，她看到好几个身影叠在一起走了出来。出了玄关后，他们才分成了两队。走在最前面的，是高间和丽子。高间半搂着拖出头发凌乱、眼睛红肿的丽子，两人的口中不断呼出白气。紧随其后的两个身影分别是信二和日野刑警。

就在这时，远处传来了警笛声。也许这警笛声已经响了许久，只是弘美没发现罢了。待她发现的时候，红色的旋转警灯已然出现在她眼前。

高间等人走出大门。弘美本欲开口询问，但看到丽子这副模样，还是忍不住往后退了一步。

丽子的目光在空中游移，就像一个久病之人般眼神涣散。看到弘美，她也没有表现出丝毫反应。

高间让丽子坐进第一辆警车。就在她和穿制服的警官说话时，信二也被日野带了出来。

信二的神情，与弘美今天在学校里看到他的时候一模一样：脸色虽有些苍白，但腰背挺得笔直，步伐也依旧沉稳。

弘美走了过去，信二看到她后停了下来。"我好像明白了。"弘美开口道。

"……"

"萩原君感到痛苦的原因，就在刚才。"

信二的嘴角微微动了动，但弘美并未听清他说了什么。

"午夜飞行……是她的味道吧？"

信二垂下眼帘，很快又再次抬起头，微微一笑。这次，她听清楚了——

"再见了，谢谢你。"

10

警车外，各种色彩的光线瞬时闪过。街上的行人全都面色忧郁地弓着背，脚步却十分匆忙，好似前方有什么好事在等着他们，就这样行色匆匆地消失在了夜色中。这些身影让信二羡慕不已。明明只是个稀松平常的夜景，但在此刻的他眼里，却显得异常珍贵。

"月色很好。"信二低喃道。

坐在一旁的刑警似乎没有听清，只是微微转头看了看他，便又立刻转回了前方。

——那天晚上的月色也很好。

那件事，距今应该正好一年吧。与今年不同，去年的此时已经冷到令人难以入眠。那天，信二蜷缩在床上，一边望着透过窗帘撒入的月光，一边摩挲着冰冷的双脚。

发现丽子进来时，房门已经被她关上。信二吃惊地抬头一看，她已经走到床边了。

丽子将脸凑到信二的鼻尖，眼神魅惑地低声呢喃。信二已经不记得她当时说了什么，但她口中温热的气息，却令他至今难忘。

她把手伸进被窝，没有任何犹豫和迟疑，径直滑向了信二的胯部。丽子似乎对他的反应很满意，抿着嘴咻咻地笑着。

她爬上床，那是一具有些凉意却十分柔软的身体。两个人的体重让床铺有些不堪重负地嘎吱作响。

那是他的第一次。

他没有感受到目眩神迷或是如梦似幻，确切来说，那更像一阵暴风雨。他只觉得股间一阵刺痛，而当这种感觉消失后，一切便都结束了。丽子也已经下了床。

"保密哟。"

说完这句，丽子就离开了房间。信二一脸茫然地看着她的背影。

——那是一份契约。

信二一边回忆，一边思考着。当时，信二十分排斥这个父亲不知从哪里带回来的新母亲，于是处处与她为敌，从来不曾将她当作继母来看待。于是，这位新妈妈便勾引了继子。她认为，只要与继子有了更加深入的关系，他就不会再与自己为敌了。这位成熟女性的计策果真奏效了。自那以后，信二对这位新母亲萌生出了一种类似依恋的情愫。

一年过去了。

自那天起，信二就不曾再与丽子发生过关系。虽然也有丽子不久后就怀孕了的缘故，但他总觉得自己是被丽子巧妙地甩开了。换而言之，他觉得自己被她玩弄了。

发现丽子与人有染，其实是出于一次颇有些讽刺的偶然。父亲出差的某个夜里，他正准备走进丽子的卧室，可刚走到门口，就听到了一阵奇怪的声音。轻轻推开门，他默默地看着门内的景象。

见识了她的水性杨花后，信二终于意识到这是一个可怕的女人。他想彻底摆脱这个女人。但在此之前，他又想再体验一次被她雪白的肌肤包裹住的感觉。最后一次……然后，自己就不会再被她所惑。

终于，机会来了。

那日，父亲启三安排了出差的计划。信二从窗户外窥视着丽子的房间。今晚那个男人还会来吗？如果不来，自己就去一趟丽子的卧室。那个男人一般会在凌晨两点左右出现。

几乎就在凌晨两点整，那个男人果然出现了。他翻过围墙，迅速穿过院子，玻璃门似乎没上锁，所以他轻而易举地进入了房间。

信二咂了咂舌，他知道这个男人就是中西，一个看起来冷酷且精于算计的男人。他的脑海中浮现出了中西的那张薄嘴唇。

"看来今天也不行了。"信二刚打算拉上窗帘，眼前的一幕突然让他停住了手——中西居然立即折返了。只见他小心翼翼地关上玻璃门后，迅速沿着来时的路线翻出了围墙。

奇怪了，信二心想。不过他并未深思，反而将此视为一个千载难逢的好机会，毫不犹豫地走出了房间。

他本可以直接踏进丽子的卧室，但他没有这么做，而是决定像中西一样偷偷地从院子溜进去。因为他想借此获得一种心理上的优势，让丽子猜到自己已经知道她出轨的事了。

从后门进入院子，再从院子悄悄地走向丽子的卧室。玻璃门依旧静静地敞开着。他爬进屋里，婴儿床上的孩子睡得很香。

折叠帘的后面就是自己父亲与丽子的卧室。信二刚准备拉开窗帘，突然就像触电一般僵在原地不敢动弹。

因为，他听到了启三的呼噜声。

——父亲回来了？

他这才明白了一切。正因如此，中西才不得不立刻离开吧？

那么，自己也必须马上回去了。

信二蹑手蹑脚地往回走。然而就是此时，婴儿床上的婴儿发出微弱的声音。

——喊，偏偏在这个时候。

信二恶狠狠地瞪了一眼婴儿床。孩子醒了。看到那张脸时，他突然觉得双腿一软。

——这是……我的孩子。

见过这个孩子的人都说：长得跟信二可真像啊，果然是兄弟啊……这么一看才发现，这种相似性并非遗传自启三，而是遗传自信二的亲生母亲。

信二与婴儿在黑暗中对视了一眼。就在那一瞬间，信二仿佛看到了自己的未来，也看到了这个孩子的未来。即使未来不可预知,但至少有一点可以确定——他这辈子都要和这个孩子绑在一起。他感觉自己的脚踝正被那人偶一般的小手紧紧握住,难以挣脱。

下一刻,让他更加烦躁的事情发生了。

黑暗中,孩子笑了。

孩子对着信二笑了,他对着眼前的少年露出了安心的微笑。然而,这彻底将信二逼入了绝境。

他觉得,自己心里仿佛有一个巨大的东西正在崩塌,犹如电影的慢镜头般缓缓地土崩瓦解,甚至没有发出任何声响。信二确定了内心的杀意后,用冰冷的双手掐住了婴儿的脖子,温暖而柔软的触感刺激着他的大脑。令他惊讶的是,手中的婴儿居然依旧在微笑。

"咯"——小生命发出了此生的最后一声。信二松开手,平静地看了看四周。

必须伪装成外人所为——这是他此刻唯一的念头。他小心翼翼地将所有家具的抽屉都拉开,没有发出一点声响。接着,他将自己可能触碰过的东西,都用布仔细地擦了一遍。

做完一切后,他立刻回到自己的房间,但彻夜未眠。一直到隐约听见丽子的惨叫声后,他才走出房间。这一夜,漫长得就像过了几十个小时。

无论是警方,还是随后赶来现场的永井弘美,都没有对信二产生过一丝怀疑。他们都没有思考过,信二那双布满血丝的眼睛意味着什么。

信二在警车中睡着了。他已经好久没有睡得这么香了。刑警将他垂下的手放回腿上。就连刑警也想不到,这是一双同时杀死过自己的儿子和弟弟的手……

接下来的那个星期三,孝志依旧没有见到她。不仅如此,接下来的两个星期三,孝志都去了那所学校,但也都无一例外地败兴而归。闭上眼后,她的舞姿清晰地浮现在眼前,可每次去体育馆,都只能看到一片漆黑。

再次见到她,是行道树已开始凋落的秋末时分。

无凶之夜

跳舞的女孩

犯人のいない殺人の夜

1

每个星期三的下午六点到八点，都是孝志在英语补习班的学习时间。从补习班步行回家，大约需要二十分钟。所以，他最晚也会在八点半左右到家。但最近一段时间，孝志到家的时间比平时晚了大约十分钟，这一天也是如此，时钟上的指针已经过了八点四十的位置。

"怎么回事？"母亲良子看着墙上的钟问道。

"最近回来得都很晚啊。"

"嗯。"孝志看也不看母亲一眼，就径直上了楼梯，"初二的内容有点难，所以有些同学会一直缠着老师提问。"

"哦……是远藤君吗？"

良子说出了一个孝志同学的名字，就是那个常与孝志争夺第一名的男生。

"嗯。"

"是吗……那你也要加把劲哟。"

不过片刻工夫，母亲的态度就从质疑变成了鼓励。其实，她倒是不担心儿子回家太晚，毕竟在补习班多待一会儿能学到更多的知识也没什么不好的。孝志上了楼梯，将母亲那番鼓励的话抛在了身后。

跳 舞 的 女 孩

　　回到自己房间，他把包放在桌上后，就在床上躺了下来。天花板上挂着他最喜欢的偶像照片，以及动漫电影的海报。这些都是他费了好大的力气才得到的。不过，此刻他看着的，并非这几样东西。

　　他的身体里还残留着一丝兴奋。每个星期三的晚上皆是如此。

　　所谓补习班拖堂都是借口，真正的原因在于他故意绕路了。不过，准确来说也不算绕路，只是在路上耽搁了一会儿而已。

　　孝志早就知道，去补习班的路上会经过一所名叫 S 学园的女子高中。那是一所很有名的私立高中，孝志所在的初中每年也有几名成绩优异的女学生考入该校。而且，那还是一所校规极其严格的教会学校，故而也是远近闻名的"名媛学校"。围墙内的教学楼皆为红砖建筑，月光照耀下的钟楼散发着一种古典的韵味，每一栋建筑，都在娓娓讲述着这所学校的悠久历史。只不过孝志路过时，早已过了学校的放学时间，所以很遗憾，他几乎没有遇见过里面的女学生。

　　遇见她，是在一个星期三的晚上。

　　那日，孝志一如往常般地从 S 学园门口经过，快步朝自己家走去。一开始上补习班，母亲就叮嘱过他，这一带道路昏暗，几乎看不见什么行人，所以一定要加倍小心。从那时起，只要一走到这里，他的脚步便会习惯性地加快许多。

　　突然，一阵从校内传来的钢琴声，让他不禁驻足倾听了片刻。母亲良子曾是一位钢琴教师，所以每每听到钢琴声，都会让他回忆起童年的时光，内心顿觉温暖。

　　——这么晚了，究竟是谁在弹琴呢？

孝志好奇地望着教学楼，脚步继续缓慢地向前移动。除了对这钢琴声颇感兴趣之外，他也很想看看到底是谁这么晚了还不回家。

他忽然在砖墙间看到了一扇虚掩着的木门。很显然，这是后门。他居然从未发现这里还有道门。

确定四下无人后，他有些忐忑地推开木门。门上有锁，但已损坏，简直形同虚设。孝志探头看了看里面的情景。眼前那栋建筑物中，有几扇窗户还亮着灯。这是一栋外观平坦的建筑，有许多平窗，应该是体育馆吧，孝志暗暗琢磨道。

悠扬的琴声还在继续。仿佛受到那琴声的邀请一般，他的脚迈入了这所学园中。若是平日，他绝没有这样的勇气，但这天也不知为何，他竟然没有丝毫犹豫。

体育馆内似乎只开着几盏灯，各扇窗户透出的亮度也并不相同。看了一圈，孝志挑了一扇较暗的窗户走了过去，这样应该就不容易被里面的人发现了吧。

走到窗下，就能听到钢琴声中还混合着踩踏地板的脚步声。孝志偷偷地往里看了看，屋里似乎有个女孩正在跳舞。她手中握着一根长长的丝带，正在激烈地上下翻腾着。那丝带在女孩的手中，宛如被赋予了生命一般灵活地舞动着。

——原来是艺术体操……

最近电视上常有这类体操的表演，所以孝志对此也并不陌生，还知道部分项目需要使用棒和球。不过，这还是他第一次在现实中见到。

跳舞的女孩并不像电视上那样穿着紧身衣，而是身穿牛仔裤和

T恤。一头长发被简单地扎在脑后。她不仅身材匀称，动作敏捷，还有着不亚于手中丝带的柔韧性。

琴声停止时，女孩的动作也随之停下。她走向距离孝志有些远的一扇窗户处，操作起放在那里的录音机。钢琴声就是从那儿传来的。接着，他又听到了相同音量的同一首钢琴曲。蹲在地上的女孩开心地站了起来。

这时，孝志才终于看清了女孩的脸。

冰肌玉肤、白嫩如霜，日光灯的光芒在她脸上形成了一道薄薄的光晕。这让孝志不禁联想到了瓷娃娃，但又不会给人冰冷的感觉。

淡粉色的嘴唇下，是一口洁白更甚肌肤的皓齿。即便距离较远，孝志也能清楚地看到汗珠正从她的额头一直流向脖颈。红色T恤上，汗水渗透的地方，颜色要更深一些。

她又开始跳了起来，在孝志的视野中激情地舞动着。

孝志的心中涌起了一股感动，一种与第一次听到美妙音乐时相同的感动。每每听见一首好歌，哪怕此前从未听过，他都会生出一种似曾相识的错觉。或许，是内心的某种本能被激发了吧。看着眼前这个女孩的舞姿，他也萌生出了同样的感觉。他总觉得自己好像在哪里见过这样的场景……不，准确说，是好像在哪里见过她。

偷偷潜入女子高中的紧张感已然被忘却，孝志盯着女孩看了好久好久。直到前方道路上传来了摩托车呼啸而过的声音，他才终于回过神来，而时间也已过去了十五分钟。

第二天的同一时间，孝志找了个借口走出家门，来到了女子高中附近。与前一天一样,他再次绕到学校的后门。这次,没有钢琴声,体育馆里似乎也没有开灯。

次日,他又去了一趟,依旧没有看到女孩的身影。等到再次遇见她时,已是下一个星期三,也就是他从补习班回家的时候。于是,孝志得出了一个结论——每个星期三都是她练习的日子。

从此,他拥有了一份只属于自己的快乐。

他努力地说服自己,这不是什么见不得人的坏事。他只是顺道去女子高中看看艺术体操选手的训练而已。短短十分钟的快乐。自那以后,孝志对星期三充满了期待,去补习班的脚步也随之变得轻快。

2

孝志的父亲在一家商社担任部长,虽已是高级管理人员,但他为人踏实肯干,晚上总是加班到很晚才回来。独生子孝志,则被完全托付给了母亲良子。或许是觉得自己责任重大,良子对孝志的教育异常严格。除了给他报了每星期三的英语补习班外,理科和社会科的补习班也没被落下。丈夫交代过,绝不可在孝志身上吝啬投资,而孝志也从不抱怨,总是默默接受良子的一切安排。或许也可以说,他根本就不懂得该怎么抱怨。

星期五,是数学家庭老师上门的日子。私立 Y 大学的男生黑

跳　舞　的　女　孩

田，从孝志初一开始就是他的家庭老师。他有着一身被晒成麦色的肌肤，总喜欢对孝志说"学习固然好，但也要会放松啊"。他是大学水上俱乐部的成员，这也就是为什么他的手臂十分粗壮，肩膀也显得很宽厚。夏天的时候，黑田总喜欢穿着一件满是汗臭味的无袖背心，抱着一个皱巴巴的运动包来到孝志家。接着，他会从包里取出初二的数学教材。运动包上贴着许多奇怪的贴纸，其中一张上面还用油性笔写着"KIYOMI[①]"的字样。

"……没听进去呢。"

听到黑田的这句话后，孝志猛地回过神来。面前是一本空白的笔记本，他的手里握着一支自动铅笔，似乎正打算写些什么。黑田看着他的脸又说了一遍："你都没听进去呢。"

孝志慌忙摇头。"没有啊。"

"别骗我了。"黑田看着他的眼睛，"我一看就知道你根本没听进去。"

"……对不起。"

孝志低下头。

"没关系，不过你刚刚在想什么呢？"

"……"

"你刚刚是不是在看这个。"

黑田拿起自己的包放在孝志面前。"这个脏兮兮的运动包有什么特别的地方吗？"

"不是的……"

[①] "可爱鬼"的意思。——编者

嘴上虽在否定,但他的目光还仍盯着包上的某个部位。黑田立刻明白了。

"这个?"他指着"KIYOMI"的字样问道。

见孝志没有否认,黑田笑眯眯地说道:"这是我的前女友。看你这眼神,是不是有心仪的女孩了呀?刚刚那么心不在焉,也是因为在想那个女孩吧?"

"没有啦,怎么可能嘛!"

"那你说,是为什么?"

"……"

孝志一时也不知道是该找个借口掩饰过去,还是该问问黑田的想法。毕竟这种事,他也找不到第二个可以倾诉的对象了。

"既然你不说,那我们就继续上课吧。"

被黑田这么一说,孝志连忙喊了一句"等一下"。黑田静静地看着他的嘴角。

孝志犹豫了一下,随即小声地开了口:"你说,要怎么和一个从来没说过话的人搭讪呢?"

黑田没想到他居然会问这种问题,张着嘴愣了片刻,接着又笑道:"果然是关于女孩的事情啊!"

孝志连忙摆手道:"不是不是。"他觉得自己羞得脸红到脖子根了。

"不是你所想的那样啦。其实我们不认识,只是我见过她而已,我甚至不知道她叫什么名字……只是想和她说句话,只要能说说话就行了。"

接着,孝志索性将那个练习艺术体操的女孩的事情全都告诉给了黑田，唯独隐去了自己在星期三补习班回家的路上特意去看她练习的片段。

黑田收起玩味的笑容，认真地听完孝志的话后，又故意取笑了一句："那她不就比你大了吗？"其实他也是想借此缓解孝志的尴尬。

"这样不好，是吗？"

看起来，孝志是把黑田的玩笑话当真了。

"没什么不好的啊。我一直觉得你也该尝试一些这种事情了。说实话，我还很期待呢。要是整天只知道埋头学习，那你这初中生活也过得太无聊了吧。"

"那我应该怎么办呢？"

孝志的眼中写满了认真。

"其实不用想得太复杂。你就在她学校门口等到她练习结束，看到她出来的时候上前搭讪。她练的不是艺术体操吗？那正好。你只要说自己是她的粉丝，带张彩纸让她签名就好了。没有哪个女生能抵御住被人追捧的感觉，仅凭这一点，就能让她对你另眼相看。"

"还有什么吗？"

"对了，你最好再对她说几句话，比如'加油哟'之类的。只要是个运动员，无论男女都很希望得到别人的鼓励。"

"嗯……鼓励是吧。"

孝志回忆起她的模样，思考着该怎么鼓励她比较好。

"好，我试试。"

"加油哟！"

"老师,你当时也是用这招追到女朋友的吗?"

黑田抛了个媚眼后笑道:"准确来说,我是被人这么追到的。"

3

又是一个星期三。

和前几个星期一样,孝志从补习班出来后稍微绕了点路,从S学园的后门溜了进去。里面再度传来了钢琴声。这几个星期,他听到的曲子大抵都是相同的,当然偶尔也会出现不同的曲目。今天这首歌,与他第一次听到的是同一首。

围墙内的风景,他早就无比熟悉了。他沿着相同的路线,走到相同的窗户前。他早就研究过了,站在这扇窗户边,既能看清她的模样,又不会让她发现自己。

她已经跳得满头大汗。鲜红色的T恤依旧在随着她的舞步肆意翻飞。孝志甚至觉得自己都能听到女孩急促的呼吸声。

——鼓励吗……

老师可真有办法。他看着手里的白色袋子,里面放着他刚从路边的自动售货机里买来的两瓶运动饮料,还有一张小小的字条。纸上写着:"我是你的粉丝,一直在看你练习艺术体操。"这是他今天在补习班学习语法时写的。

站在窗边看她练习了一会儿后,孝志沿着外墙绕到体育馆门口。这里一片漆黑。确定四下无人后,他将装着运动饮料的袋子放到门口,然后又迅速沿着原路返回。就这么一会儿工夫,他居然出了一身冷汗。

——好了!

等她练习结束走出来,一定会发现的吧?应该也会看到那张字条吧?即使现在不知道这个粉丝究竟是谁也没关系,只要每个星期都能收到运动饮料,她就一定会好奇这个粉丝的庐山真面目。也许不用多久,她就会主动等着自己出现了——想到这里,孝志突然觉得兴奋不已。

一个星期后,他又给女孩送了运动饮料。女孩正在里面努力且忘我地练习着,大概她怎么也想不到,那个粉丝今天居然又来了。

又一个星期后,孝志抱着一丝期待再次从后门偷偷溜进学校。也许,她今天已经在等着自己了吧!他不由得幻想起来。然而,墙内的钢琴声依旧如故,女孩也依旧在馆内不停地练习着。

——这都三个星期了,她怎么也该注意到了吧?

虽然安慰自己再等一个星期看看,但孝志还是忍不住故意将装着运动饮料的袋子重重地扔在地上。他本以为这么大的动静一定会引起她的注意,但她似乎压根就没听到。

又过了一个星期……

"咦,今天回来得挺早啊。"母亲良子看到孝志后说道。

这几个星期,孝志回来得都比较晚,她也就习以为常了,心想大概最近都会被留得久一些。

"手里拿着什么?"良子看着孝志手里的东西问道。

他手里抓着一个白色的袋子。

"哦，路上买的运动饮料。"

"买那个做什么？"

"做什么……我想喝啊。"

"不是有果汁吗？"

"我就想喝这个。"孝志没好气地说完，把袋子放在厨房的桌子上后就快步上楼了。

每个星期三，他都是一进房间就直接扑倒在床上。前几个星期，他躺下后没多久，那个翩翩舞动的身影就会自动浮现在眼前。白皙透亮的肌肤，洒落一地的汗水……可今天，眼前空空如也。

——她今天怎么不在呢？

他今晚从后门溜进去，发现体育馆里没有亮灯，就开始不停地思索这个问题了。是的，她不在那儿。没有琴声，馆内也一片寂静，仿佛时间凝固了一般。

见此情形，他脑海中冒出的第一个念头就是：难道是因为我？难道是她觉得我的行为是一种骚扰，所以索性停了每个星期三的练习……可是，孝志又觉得，她对训练的那份热情和执着，应该是不会因此而动摇的。更何况，自己的行为应该也不至于冒犯到她啊。

——下个星期再去看看吧。

打定主意后，孝志坐起身。对啊，毕竟现在还不能断定她以后也不再练习了。也许她今天只是碰巧身体不舒服而已。也许她只是临时有事而已。对了，黑田老师说过S学园是一所名媛学校，所以也许今晚她家里正好在举办宴会之类的。对，一定是这样的。

他不断地安慰自己，恨不得明天就是下个星期三。

可到了下个星期三，体育馆里仍然是一片漆黑。

于是，他只好再一次带着运动饮料回家了。母亲良子一脸狐疑，可还没等她开口说话，孝志就一头扎进了自己的房间。

"怎么了？一副无精打采的模样。"黑田用宽大的手掌拍了拍孝志的后背问道，"是被甩了？"

孝志没有回答，只是叹了口气。黑田仿佛明白了一切，哈哈大笑了起来。

"想打本垒打就别怕挥空，想追女孩子就别怕失恋。别这么沮丧嘛。告诉我，她对你说了什么？"

孝志又叹了口气："要是说过什么倒也罢了。"

"看来形势不妙啊。到底怎么回事？"

孝志这才把星期三的秘密全都告诉了黑田。事实上，他也一直都很想找人倾诉。

"你这办法倒是很不错啊！"

听完孝志的话后，黑田首先肯定了他的做法。

"可是，我的行为是不是让她觉得讨厌了？"孝志紧张地问道。

"别担心。"黑田马上就否定了他的担忧，"确实有些女孩不太喜欢这类事情，但没有人会因为这个就躲起来的。知道有人喜欢自己后，无论是谁，都会想方设法找出此人的。所以，她没去练习一定是另有原因。"

"什么原因？"

"好了，这种事情再怎么想也不会有结果的，下个星期去看看不就知道了？"

黑田说完拍了拍孝志的肩膀。

接下来的那个星期三，孝志依旧没有见到她。不仅如此，接下来的两个星期三，孝志都去了那所学校，但也都无一例外地败兴而归。闭上眼后，她的舞姿清晰地浮现在眼前，可每次去体育馆，都只能看到一片漆黑。

再次见到她，是行道树已开始凋落的秋末时分。

4

孝志看到的，是她的照片。那天，他去补习班同学家玩，结果在翻看相册的时候发现了一张她的照片。孝志盯着照片，感觉浑身的血液瞬间涌上头顶。是她，不会有错。长长的眼睛，漂亮的嘴唇……

照片中，她身穿水手服，与其他同学站在一起。虽然这是一张班级合影，但孝志还是一眼就从人群中认出了她。

见他一直盯着那张照片，同学有些疑惑地解释道："那是我姐姐的照片。不小心插进我这本相册里了。"

"你姐姐……今年读几年级？"

虽然孝志竭力保持平静，但语气还是有些激动。

"今年是高一。这张是她初三时拍的照片。"

也就是说，她也是 S 学园的高一学生。

"那张照片，有什么特别吗？"

"哦，恰巧看到一个熟人而已……你姐姐，今天在家吗？"

"不在……我去把她的毕业相册拿来吧。里面的照片更大。"

朋友说着就站起了身。

那星期的星期五，黑田照常登门时，孝志连忙向他报告了这个好消息。

"你运气可真不错！"黑田听完说道。

"知道地址了吗？"

"算是吧……但我只是瞥了一眼，所以其实也不太确定。"

他总不能当着同学的面抄地址吧。

黑田看了一眼那个地址后说道："嗯，这个地方离我家不远。"

"我要不写封信给她吧？"

"等等，我们得先弄清对方的情况。最好能问到她最近不去练习的原因。"

"可是去哪儿问……"

"交给我吧。她住得离我家不远，正好最近划船比赛刚结束，我也没什么事情。"

"但是……"

"还不满意？"

"我只是担心，老师会不会也喜欢上她……"

黑田有些难以置信地瞪大了眼睛，突然不知该说什么了，便苦笑着耸了耸肩。"你可真是够了。"

5

令黑田没想到的是，次日星期六他花了好长时间才找到女孩的家。一开始，他觉得女孩既然在 S 学园念书，那住的也一定是高级住宅。可孝志提供的那个地址，却是一处公寓和出租屋密集之处，横看竖看都找不到一处值得称赞的地方。他徘徊了许久，才终于从路人嘴里打听到了那栋房子的具体位置。

——可是，这真的是孝志说的那个"跳舞的女孩"的住处吗？

黑田站在门口，百思不得其解。这是长屋①中的一间。木框玻璃门上的横木已然倾斜，估计连开关房门都得费一番功夫。沿街的屋顶上已经缺失了好几块瓦片，就像一口七零八落的蛀牙。门外到处都是煤灰，大概是因为在房前生火的缘故。他实在无法相信，这栋房子里居然住着一个在 S 学园上学的漂亮女孩。

穿过坑坑洼洼的小路，黑田来到对面的烟草商店。一位满脸斑点的瘦老太太正打着瞌睡，膝盖上盖着一张毯子。

黑田叫醒了老太太，跟她买了一盒七星牌香烟后，便向她打听起街对面那户人家的情况。老太太睡眼惺忪地答道："以前好像是靠收废品为生，现在就不知道了。"

"女主人没有工作吗？"

---

① 一种长条形的合住型民居。——译者

"说是身体不太好,只能在家里做点副业……你是兴信所①的人吗?"

老太太抬起头,疑惑地看着黑田。

"嗯,差不多吧。"他随口敷衍道,"那家人有个女儿是吧?"

黑田说出他从孝志那里听来的名字。

老太太想了想,叹了口气道:"哦,那个孩子啊。那孩子倒是生得十分娇俏可爱,实在是可惜了啊。"

黑田听得一愣,连忙问道:"可惜了?"

只见老太太凑了过来,对他低声说道:"你不知道吗?那家的女儿三个月前自杀了。"

"自杀?"

黑田大为震惊,就像是被人从体内踢了一脚。三个月前,正好就是孝志说她不见了的时候。

"据说是从附近车站前的大楼跳下去的。我没亲眼见到,但听说摔得血肉模糊。"

"为什么会自杀?"

"谁知道呢?他们说最近挺流行自杀的,估计也没什么特别的原因吧。"

"呃……"

该怎么和孝志说呢——黑田已经开始思考起这个问题了。听到日思夜想的女孩如今已与自己人鬼殊途,他该多伤心啊。要不还是干脆骗他没找到这户人家吧……

---

① 日本的一种民间信用调查机构。——译者

"可是为什么这么急着去死呢？她不是才高一吗？"

"高中？"老太太疑惑地看着黑田，随即又点了点头，"那个年纪，确实该上高一了。"

"年纪？她不就是高中生吗？"

但老太婆却笑得露出了一口黄牙。

"他们家哪有钱供孩子上学啊？那女孩好像初中毕业就出去打工了。"

据老太太说，那个女孩自打初中毕业后，就在一家名叫"北京饭店"的中餐馆里工作。那家餐馆，就开在车站后方迷宫般的小巷之中。

店里并排放着五张蒙着一层油污的桌子，柜台上放着一堆漫画书。这会儿是下午四点多，大概是还不到用餐时间的缘故，店里只有黑田一个客人。

来为他点单的是一位身材娇小的女服务员。一脸浓妆让人看不出她的真实年龄，但从颈部肌肤的紧实程度来看，也就二十岁左右吧。女服务员向柜台后面的男人转达了黑田的要求后，就坐在柜台旁的椅子上翻看起了女性周刊。

黑田起身走到柜台前，装作挑选漫画的样子。全都是些旧漫画了，于是他随意拿起一本，状若无意地问那个女服务员："以前，你们店里好像还有个年轻的女服务员吧？"

女服务员似乎没反应过来他是在和自己说话。直到黑田说出了那个女孩的名字，女服务员那张冷漠的脸上才有了些许变化。

"你认识她？"

"倒也不算认识，只是听说她曾经在这里工作过。"

"她死了。"

"听说了，是自杀吧？"

"她一直都挺阴郁的，天天哭丧着一张脸。所以听到她自杀的时候，其实我倒没有觉得惊讶。"

"她以前在店里是做什么的？"

女服务员用下巴指了指柜台后面。

"洗碗啊。总不能让那么阴郁的人招待客人吧？"

黑田硬是憋住了差点脱口而出的那句"你也不见得比她好多少"。

"你也猜不到她自杀的原因吗？"黑田继续追问。

女服务员先是哼了一声，接着说道："我不是说了吗？她长得就是一副想自杀的模样，谁知道她到底怎么想的。"

就在这时，黑田点的饺子和炒饭做好了。女服务员熟练地将两个盘子端到桌子上。

"那你还记得她有什么爱好吗？"

"爱好？这我哪里知道？"

"比如跳舞。"

她扬着红唇笑了起来。"她可不是那种高雅的人。"

但过了一会儿，她又像是突然想到了什么似的闭上了咧开的嘴。"啊，说起来……"

"想起什么了吗？"

"虽然也没什么特别的，但她以前特别喜欢看电视上的艺术体操节目，眼睛看着，洗盘子的手就不会动了，所以经常因为这事挨骂。"

"这样啊……"

和女服务员的谈话就此结束。一则是因为这会儿店里陆续来了其他客人,二则也是觉得应该也问不出其他信息了。离开餐馆时,黑田又看了一眼招牌,上面写着"每星期三休息"。

6

下个星期五,黑田一进房间,孝志就迫不及待地问道:"怎么样?"他的眼里闪烁着光芒。

"见到那个女孩了吗?"

"没有……没找到。"

"为什么?你不是知道她住哪里了吗?"

"知道是知道,但是没见到她,她不在那儿。"

这句是真的,黑田暗暗告诉自己。

"是吗……"

孝志有些失望地耷拉着肩膀,神色倒是依旧明亮。这让黑田更不敢说出真相了。

"不过,你应该看到她住的地方了吧?"

"嗯……"

"怎么样?房子很大吗?"

"嗯,不过……也没有我们所想的那么大。算是正常大小吧。"

"那和我家比呢，哪个更大一些？"

"呃，和你家啊……"黑田犹豫了一下，"应该差不多吧。"

"是吗，差不多大啊……"

孝志满眼兴奋地望向半空，大概是在想象女孩的家吧。黑田下意识地从他身上移开了目光。

"这个星期，我也去看了。"

孝志的话让黑田愣了一下。"去哪里？"

"体育馆啊，还用问吗？"

黑田摸着脸"哦"了一声。

"对啊。然后呢？她在那边吗？"倍感自责的黑田硬着头皮问道。

"果然，还是不在。"孝志摇了摇头，"你说，她会不会是不在晚上练习了？"

"这个嘛……也有这个可能啊。"

"但我还是会在从补习班回来的路上拐过去看看的。万一哪天，她又重新开始练习了呢？你说对不对？"

"嗯，对。"

那天晚上，黑田最终还是什么也没说。

第二天，黑田在一家咖啡店约见了一位女性朋友。她叫江理子，和黑田是同一所学校的同学。他连夜翻看了学生名册后，发现她是S学园的毕业生。

江理子似乎有些惊讶于黑田的突然邀约，不过一听他说想吃什么随便点，就立刻欣然答应了。

"S学园艺术体操部？完全不认识。"江理子一边吃着巧克力圣代，一边简短地答道。

"只要帮我问问就行了。剩下的事我会自己处理。"

"你到底想干什么啊？不会打算勾引哪个女高中生吧？"

"我的目的很单纯啦，拜托了。请你吃牛排怎么样？"

"你可真麻烦。"

话虽如此，但吃完巧克力圣代后，她还是很干脆地起身说道："走吧。"

星期六下午，还留在学校里的就只有各个社团的成员了。黑田站在S学园的大门前，呆呆地看着在操场上奔跑的学生们。他在等江理子。她会为他找来一个艺术体操部的成员。

——她一定也这样远远观望过……

看着眼前那些课余生活过得充实快乐的学生们，黑田不禁想起了那个自杀的女孩。她一定会抱怨命运的不公，也一定会对那些含着金钥匙出生的名媛心生嫉妒。晚上去体育馆里练习艺术体操，大概就是为了发泄心中的怨愤吧！于她而言，那段时光大概就是她青春的全部体现，只有那时，她才能真正成为女主角。

但令黑田想不通的是：她为什么要抛弃那段时光，为什么要自杀呢？

江理子终于回来了，身后跟着一个留着短发、眉宇间透露出英气的年轻女孩。肤色略白，双唇紧闭，应该是个十分要强的人。

"很遗憾。"

江理子一副公事公办的语气。

"没有找到艺术体操部的人，她是体操部的，不知道行吗？"

"咦，为什么她们不在？"

"星期六的训练，是体操部和艺术体操部轮流进行的。"那个体操部的女生解释道。

看起来应该与体育馆的使用问题有关。

"没关系，反正应该都差不多。"江理子随口说道。

体操部的女孩一副很愿意配合的模样。

"如果我知道，一定会告诉你的。"

——算了，死马当活马医吧……

这么一想，黑田便开口问道："大约三个月前，好像有个女孩每个星期三的晚上都会来体育馆练习艺术体操。不过据说那个女孩并非这里的学生……你听说过这件事吗？"

黑田突然觉得自己像在说鬼故事，不由得担心会不会吓到对方。

然而体操部的女孩却连连点头，兴奋地问道："你是说那个事件啊？"

黑田不免有些惊讶。"你知道？"

"何止是知道，可以说是无人不晓了啊。那就是传遍全校的'星期三舞女事件'嘛。"

"事件？"

这个词她已经说过两次了，这让黑田不禁心生疑惑。

"每个星期三，她都会偷偷溜进体育馆，自导自演一场艺术体操表演。或许已经很久了，只不过大家都没发现。直到某天晚上，艺术体操部的几个成员偷偷在体育馆里监视，结果发现那个女孩未经许可擅自摆弄道具，当场就抓住了她，还把她好好教训了一顿。艺术体操部的那些女生都是些睚眦必报的人。"

听她的语气，似乎对那些艺术体操部的人颇有不满，看样子体操部和艺术体操部应该是积怨已久啊。

"教训了一顿？是怎么教训的？"

"具体细节我并不清楚，不过我听说她被教训得挺惨的，估计就是罚她下跪，还有逼她把用过的所有道具都擦干净之类的吧。"

"……这样啊。"

黑田感觉自己的心突然往下一沉。或许，这就是女孩自杀的原因。不仅生命中最重要的时光被无情剥夺，还被本就让她嫉妒无比的人狠狠羞辱了一番。难怪她会选择走上绝路。

"可是，艺术体操部的人怎么知道她来过呢？不是一直也没有人发现吗？"

体操部女孩轻描淡写地解答了他的疑惑。

"也许她正忙着学习吧。"孝志点点头，仿佛在说服自己一般，"虽然她对艺术体操痴迷到了就连晚上都要去练习的地步，但高中的课程肯定要比初中难上许多，只好先放下爱好努力学习了。而且，她一定也有一个跟我家那位一样唠叨的母亲。在成绩提升之前，母亲肯定不会允许她再去练习。"

又是一个年末，可孝志从未忘记过那位"跳舞的女孩"。黑田从来不会主动聊起这个话题。但孝志还是会不时提起她的事情，有时也会问黑田是不是应该"给她写封信"或是"去她家看看"。

每每这种时候，黑田都只能用"太突然了，会吓到人家的，再过一阵子吧"之类的说辞敷衍过去。

孝志继续问："可能是现在太冷了。也许明年开春她就会继续练习了。黑田老师，你说是不是？"

"是吧……"黑田含糊地答道。他不知道自己还要这么回应多少次。

只要把一切和盘托出，就再也不用面对这个问题了。可这对孝志而言，实在太过残酷了。

每每见到孝志兴奋地说起那个女孩，他的脑海中就会浮现出体操部女孩的答案。

当时，黑田询问她艺术体操部的人是怎么发现'星期三舞女'的，她是这样回答的：

"据说是因为每个星期四的早上，体育馆门前都会出现一瓶运动饮料，以及一张好像是写给艺术体操部成员的字条。可是大家都想不明白这是怎么来的，就猜测一定是谁在星期三的晚上偷偷放在门口。于是大家决定埋伏起来，看看到底是谁把运动饮料带进来的，结果那个女孩出现了。据说那个女孩和运动饮料并无直接关系，所以也只能算她倒霉了。那个女孩一般都是从后门进出的，所以应该也不会发现大门前的袋子。"

这就是一切事件的起因。

只要告诉孝志这个真相，他就不会再对那个女孩抱有任何幻想了。

但黑田实在没有勇气告诉他：害死"跳舞的女孩"的人，其实就是你。

厚子望着心斋桥的夜景自言自语道。这座城市到底有什么让洋一着迷的地方?对她来说,住在这样的城市,就像生活在一个永远不会迎来黎明的黑夜中。

"是这座城市杀了他。"

在厚子心里,无论真凶是谁,这都是不容反驳的事实。

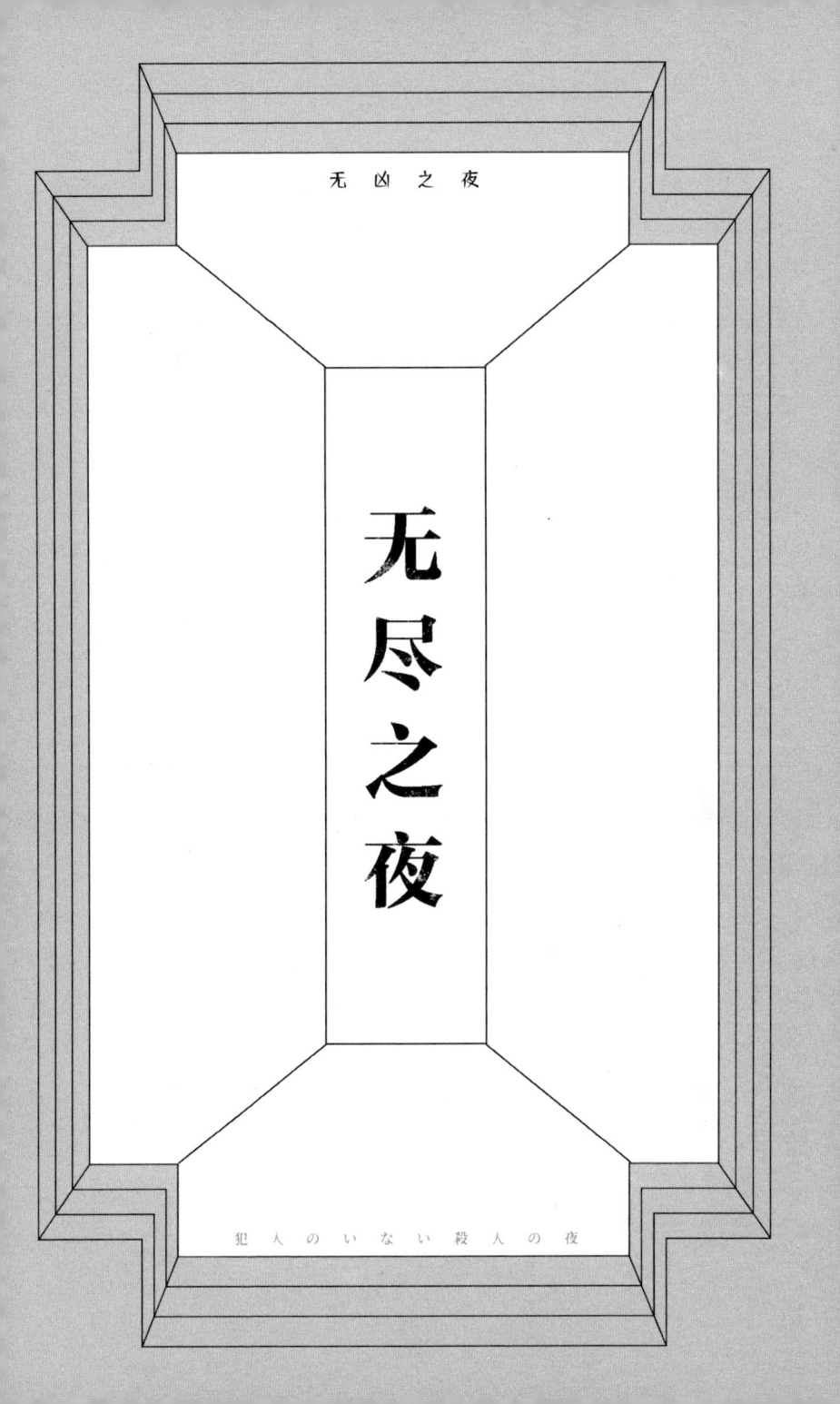

无凶之夜

无尽之夜

犯人のいない殺人の夜

1

电话铃响时,厚子还躺在床上。她看了看表,上面显示现在刚过九点。这座陶瓷座钟是厚子去欧洲度蜜月时买的。

她呆呆地看了时钟一两秒,接着突然回过神来,从床上跳了起来。

披上睡袍后,厚子走出房间。也许是身体太热的缘故,抓起冰凉的电话听筒时,厚子不由得心情大好。

"喂,您好……"厚子的声音有些沙哑。

"啊,您好,请问是田村先生家吗?"电话那头的人问道。

对方的嗓音有些粗犷,但咬字十分清晰,听口音不是本地人。应该是大阪人吧,厚子迅速做出了判断。

"是的……"

"是田村太太吧?"

"是的……"

听到她的回答后,对方沉默了一会儿,接着调整了一下呼吸。

"这里是大阪府警本部。"

这是一种在竭力控制情绪的声音。

"……"

"很遗憾地通知您,您的丈夫田村洋一先生被人用刀刺死了。"

"啊？"

"所以，如果您现在方便，还请立即过来一趟……喂，太太，您在听吗？"

2

电话挂断两个小时后，厚子坐上了新干线二号。每次乘坐新干线，她都会选择禁烟车厢。不光是不想被旁人吐出的烟味熏到，更重要的是，她可不想让自己的衣服沾染上烟味。

她想起自己出门时忘了喷香水，便从包中拿出香水喷在脖子上。这是洋一最喜欢的一款法国香水。

接着，厚子又拿出妆镜，检查了一下自己的妆容。刑警已经在新大阪站等候了，她不想让他们看到自己脸上的泪痕。

——老公……

望着车窗外不断变化的风景，厚子在心中轻轻呼唤着洋一。此刻，洋一那张轮廓分明的脸庞，似乎浮现在了浅绿色的田园风光中。

四年前的秋天，厚子与洋一步入了婚姻的殿堂。二人是自由恋爱。当时，洋一在涩谷的一家时装大楼工作。经营者是他的大哥一彦，所以他不过二十来岁，便已升到了部长一职。

婚后不久，两人就在东京市内买了一套三室一厅的公寓。每天送洋一出门后，厚子就会去一所西式服装学校。自婚前起，她就在那所学校担任讲师。无须上班的日子，厚子会约上好友一起跳有氧操，逛逛文化中心，或者去购物。她的朋友不是念女子大学时的同学，就是从前在公司上班时的同事，大都住在远离市中心的郊区。所以厚子向来都是那些好友们艳羡的对象。

但是一年前，她的生活发生了变化。一向不善酒力的洋一某天突然喝得酩酊大醉，看起来非常开心。厚子询问原因时，他的回答是："为了庆祝。"

"庆祝？"

"嗯。今天我和大哥聊过了，他决定把大阪店全权交由我打理。"

大阪店是一家新开的分店，预计将在半年后正式开业。

看样子，他是得到了那家分店的经营权。

"咦？不过那家店不是要交给宏明哥经营吗……"

宏明是洋一的二哥。

"他让给我了，说让我大胆尝试一下，还说大阪是个商业重镇，让我过去好好学习学习。"

洋一十分激动。他一直都在哥哥们手下工作，早就想找个机会独立施展经商才能了。听到这个消息，他自是兴奋不已。

然而，厚子却对他去大阪的想法表示了强烈的反对。

自己好不容易才在东京过上稳定的生活，她可不认为还有哪座城市能比东京更加宜居。再者，只要对东京足够了解，哪怕她对其他城市一无所知，也丝毫不会生出井底之蛙的自卑感来。所以，她非常不愿意离开这座城市。

——更何况，洋一要去的还是大阪。

她对大阪可以说是没有一丝好感。在她眼里，大阪就是一座抠搜、势利、粗鄙的城市，关西方言也难听得要命。最近，大阪的喜剧演员频频在电视节目中露面，可她实在不理解那些人到底哪里有趣了。要是住在大阪，那自己可就每天都要接触操着那种口音的大阪人了。而且，去了大阪，可就没有新宿、银座和六本木了。

"拒绝掉吧。"厚子恳求道，"没必要做什么经营者啊，现在不是也很好吗？你还是拒绝了吧，我可不想去大阪那种地方。"

洋一听完满脸不耐烦。

"你不要无理取闹好不好。你知道我等这一天等了多久吗？不用这么担心，你很快就会适应的。而且，只要我做出一定的成绩，我就能把那边的事务交给可靠的人，自己回东京啊。"

但厚子依旧不同意，甚至告诉洋一"你要去就自己去好了"。一听这话，洋一自然也是火冒三丈，甩下一句"那我自己去"后，便真的开始做起独自一人去大阪生活的准备了。

厚子的女性朋友们纷纷对她表示了同情。

"啊，大阪啊……真让人提不起兴趣啊。"

说这话的，是厚子上女子大学时的同学真智子。"你们好不容易才在东京买了房，洋一就不能再等等吗？就算这次拒绝了也没什么关系吧，也许不用多久还会在东京再开一家新店啊。"

当然，也有一些朋友提出反对意见。厚子的前同事美由纪就十分反对夫妻分居。

"这么做，不就等于放任他出轨吗？你先跟着过去，再找个合适的机会说想回东京。再说了，他也不会去太久吧。"

厚子也认为美由纪所言甚是。从某种角度而言，或许是自己太过任性了。当然，可能也的确如此。

"但我实在对大阪喜欢不起来啊……"厚子把脸靠在新干线列车的车窗上嘟囔道。

到达新大阪站后，厚子按照刑警的交代，站在检票口处等了一会儿，就看到一个穿着浅灰色西装的男人走了过来。男人肤色黝黑，神色冷峻，看起来三十五六岁的模样。

男子自称是大阪府警的刑警，姓番场。

"车子备好了。"

番场说着伸出了右手，大概是想帮厚子提旅行包吧。但她轻轻摇了摇头，拒绝了对方的好意。刑警也就不再坚持了。

警方安排的车子是一辆白色的皇冠。原本还一直担心自己要坐上警车的厚子，见此不由得松了一口气。

"请您先跟我去医院确认一下。"刑警启动车子后说道。

"确认？"

厚子问出口后才反应过来，他指的是应该是确认尸体身份。

"您和您先生……"刑警犹豫着继续说道，"是分居状态吗？"

"嗯……因为工作的原因……"厚子低着头答道。

"这样啊。"刑警点点头。

透过车窗向外望去，目光所及之处是各类汽车互相较着劲似的在马路上全速飞驰着。据说，大阪的乘用车保有量虽不高，但轻型卡车和面包车等商用车的数目却十分惊人。看来的确不假啊。不仅如此，这儿的司机似乎十分要强，哪怕只有一点空隙，也要想尽办法插进去。

"好香。"刑警突然说道。

"嗯?"厚子愣了一下。

"香水味。"他解释道。

"哦……"

厚子低头看了看自己的肩膀,心想大概是今天喷得有点多了吧。

到达医院后,厚子确认了死者正是洋一。其实她不敢仔细看,只是瞥了一眼就马上转过头去了。即便如此,她也十分肯定那个瞬间看到的就是自己的丈夫。

在医院稍做休息后,厚子请求刑警带自己去案发现场看看。洋一的死亡地点,就位于心斋桥筋①的自家店内。那家店的一楼是箱包饰品专区,二楼是鞋类专区,地下一层是精品专区。

厚子只来过这里一次,而且那天是休息日,所以她并不知道这家店平日的客流量如何。

一楼箱包区后方,是工作人员的办公室,据说洋一就是在那里遇害的。

"就是这里。"番场指着地板上画有白线的区域说道,"您的先生就这样倒在这里,仰卧,胸口插着一把水果刀。正如您所见,直直地倒在地上。"

正如刑警所说,从白线的走向可以看出洋一当时躺得十分笔直。即便是此前从未见过类似场景的厚子,也觉察出有些不寻常

---

① 大阪著名的商业街。——译者

了。当然，如果不是刑警的这句提醒，她也未必能发现。

"直直地倒下，能看出些什么吗？"

听到厚子的询问，刑警摇了摇头。

"现在还不知道，只是有些奇怪罢了。"

厚子礼貌性地点了点头，再次看向那些白线。

"昨天没有开门营业，店员最后一次见到您先生是在前天晚上。"番场看着笔记本说道，"最早发现尸体的，是一位名叫森冈的女店员。据说，她是今天早上八点左右到店里后发现的。"

"知道死亡时间吗？"

"知道，虽然也许不太准确。"刑警答道，"推定死亡时间是在昨晚七点到九点之间。"

好精确，厚子不由得暗暗佩服。

"好精确啊。"

"嗯，现在的医学已经很发达了。"

刑警嘴角微扬，仿佛是自己得到了夸赞一般，不过很快他就恢复了冷峻的神色。

"顺便问一下，您和您先生最后一次谈话是在什么时候？"

"应该是前天晚上，他给我打了电话。"厚子稍做回忆后答道，"怎么啦？"

"你们都聊了些什么呢？如果您不介意，还请复述一遍当时的内容。"

"他说……第二天店里休息，问我要不要过来一趟。"

厚子至今还记得他当时的语气——有些期待却又故意装作不在意。

——明天，过来吗？正好店里休息，我可以带你好好逛逛大阪。

——不用了，大阪有什么好逛的？

——别这么说嘛，我好不容易才休息一次。

——那你回来不就好了？

"那您当时是怎么回答的？"

刑警的问题打断了她的回忆。她有些惊讶地看着对方。

"我是问，您当时是怎么回答的？"

番场又重复了一遍。

"哦，呃……我说了不去。"

"哦？"刑警有些意外，"为什么呢？"

"因为……"

厚子低下头，一时不知该怎么说才好，但她能感觉到刑警正盯着自己的嘴角。

过了一会儿，她才终于下定决心似的抬起头来。

"因为我不喜欢大阪。"

番场听完先是一愣，然后才慢慢扬起友善的微笑。

"这样啊。"他说道，"倒是一个很有说服力的理由。"

"对不起。"

厚子微微低头表示歉意。

"不用道歉呀，我也有不喜欢的地方啊。比如，我就不喜欢气候太冷的地方。"

刑警宽慰了她一番。

随后，番场继续为厚子说明了一些搜查时的发现。水果刀原本就是店里的，上面的指纹被擦掉了，现场也没有任何打斗过的痕迹。番场就像个小学老师似的，十分耐心。

"店里似乎并没有丢东西。昨天是休息日，所以也没有营业收入。"

最后，他问厚子是否能猜到凶手的身份。厚子表示不知，心中暗道："我怎么可能答得出来？"

"这样啊。"

不过番场似乎并没有太过失望。

走出店门后，刑警询问厚子接下来要去哪里。

"今晚就先留在这里吧，然后再考虑其他的事情。"厚子答道。

"那您是准备去您先生的公寓吗？那我送您过去吧。"

洋一在谷町租了一间单身公寓，窗户底下是一座小小的公园。

"不了。"厚子摇摇头，"今天我就不过去了。等我平复一下心情，再过去收拾东西。"

"哦……"

番场刑警似乎还想说些什么，但最终只是点了点头。"这样啊。那您今晚住酒店吗？"

"是的，不过我还没订房间……我想找个可以俯瞰大阪城的地方。"

"那我倒是有一个不错的推荐。"

说完，他就开始往前走，厚子也跟了上去。

番场带着厚子来到一处距离洋一那家店步行约五分钟的纯白色高层建筑里。厚子记得那是一家航空公司旗下的酒店，银座也有一家。

刑警在二楼的前台帮厚子订了一个二十五楼的单人间。

"也许明天还需要您的协助。"

番场临走前点头致意,厚子也点头回礼。

这天夜里,厚子透过二十五楼的窗户俯瞰大阪城的夜景。她的脚下就是御堂筋[①],川流不息的车道上挤满了火柴盒般大小的各类汽车。

洋一死了。

她总觉得这就像一场梦,直到现在都无法相信这是真的。

洋一被杀了——厚子在心里一遍又一遍地告诉自己。如此一来,就仿佛疼痛的后槽牙被用力按住,她也因此得到了片刻的舒缓。

——其实大阪也挺不错的。

洋一的声音突然在耳畔响起。大阪店开业一个月后,他曾对厚子这样说过。

"哪里好了?"

厚子望着心斋桥的夜景自言自语道。这座城市到底有什么让洋一着迷的地方?对她来说,住在这样的城市,就像生活在一个永远不会迎来黎明的黑夜中。

"是这座城市杀了他。"

在厚子心里,无论真凶是谁,这都是不容反驳的事实。

---

① 大阪市内一条南北向的干道。——译者

3

次日早上，电话响了。正如厚子所料，是番场打来的。

"昨晚睡得好吗？"

他的声音一如昨日般那么清晰。厚子淡淡答了一句"不太好"后，番场也低声应了一句"想来也是"。

接着，他就表示想和厚子一起吃早餐。厚子同意了，并约好在二楼的咖啡厅碰面。

下楼一看，番场已经到了，正坐在那儿看着周刊喝咖啡。看到厚子后，他连忙合上周刊，起身鞠躬致意。

"这个时候打扰您，真不好意思。"刑警致歉道。

厚子表示无碍后坐了下来，并向走来的服务员点了一杯奶茶。明知该吃点东西，可就是一点胃口也没有。

"其实，我们得到了一些关于您先生那家店的新消息。"刑警坐下后继续说道，"从我们了解到的情况来看，这家店近期的经营状况似乎不太好。不仅拖欠了批发商的货款，店里的销售状况也不太好，简单来说，就是有些支撑不住了。"

番场神色凝重，大有感同身受的意思。

"您先生和您说过这个情况吗？"

厚子耸了耸肩答道："听说过一点，但他从来没有正面提过这件事。"

刑警点点头。

"就目前的调查结果而言，我们尚未发现任何财务方面的疑点。

不过，如果您知道些什么，还请告诉我们。"

"没有……"厚子低声道，"他很少跟我谈论工作的事情。"

"我明白了，男人就是这样。"刑警安慰道。

服务员端来了奶茶。厚子喝了一口，突然想起了一个月前与洋一的大哥一彦的对话。一彦从一家精品店起家，逐渐发展到经营大型商场。他是个温文尔雅，却又透着三分威严的绅士。

"洋一的店，好像生意不太好。"

三月的一天，一彦把厚子叫到附近的一家咖啡店，看起来有些不好意思。

"虽然我们都是采用独立核算制，但如果他遇到困难，可以随时来找我。他有对你说过什么吗？"

"没有。"

"是吗……他一直都在我们手下做事，这次突然独立出去，其实我还是有些担心的。他是家里的老三，所以从小就没吃过什么苦。大阪可是个弱肉强食的地方，要在那种地方生存下去，实属不易啊。"

厚子本想说，既然那么担心，就不要把这种重要的工作交给洋一啊。不过最终还是没有说出口，因为大哥平日里就对他们夫妻照拂有加。

"我想，如果洋一不好意思对我或宏明说，他也应该会找你商量的。到时候，请不要客气，尽管来找我们就好。"

"好的。"

"对了，上次你说因为工作的关系暂时去不了大阪，现在也还是去不了吗？"

"嗯……还得再过一阵子。"

"这样啊……不过还是快点过去比较好。我怕他太孤单了。"

说到这里，一彦笑了起来。

——哥哥们太厉害也未必都是好事啊。

想着当时自己和一彦的对话，厚子轻轻叹了口气。其实她一直觉得，比起担任新店的负责人，洋一更适合一直在一彦手下工作。要是那样，他就不用来大阪，自然也就不会命丧黄泉了。

"对了，有个问题虽然有些难以启齿，但还是想问问你。"

番场的话让厚子回过神来。

"就是对于洋一与其他女性的关系，你有没有发现过什么异常？"

"与其他女性的关系……"厚子重复道。

这句话听着有些不对劲，她从来没有想过这方面的问题。

"我从来没有注意过这个方面。"

她摇了摇头。刑警有些尴尬地挠了挠头。

"不要误会，其实我也没有什么依据，只是考虑到你们分居，才会想到这个可能性……我只是随意猜测而已，请不要介意。"

他说完，将已经放凉的咖啡一饮而尽。

"那个，这就是您要说的事吗？"

一听厚子这话，番场当即正色道："不，其实今天，我想请您抽出一天的时间来。"

"今天一整天？"

"是的。我想去您先生常去的那些地方走走，看看会不会有什么新的发现。如果您能一起，那就更好了。"

"嗯……"

洋一在大阪过着怎样的生活呢？厚子其实也很好奇。而且，她对这个叫番场的刑警印象还不错。

"好的，没问题。"厚子回答得很干脆。

番场这才松了一口，满眼堆笑。

一个小时后，厚子将行李寄存好并退了房，接着就与刑警一起离开了酒店。御堂筋早已是车水马龙。在红绿灯前等了很久，二人才终于走到了马路对面。

二人先是沿着心斋桥筋步行道一路向北。虽是工作日，但街上依旧人潮涌动，就像身处满员电车中一样。道路两边商铺云集，但还没等看清店内的商品，就被身后的人群推着往前了。

番场先带厚子来到一栋细长的银色建筑前。

"这是索尼大楼。"刑警解释道，"据说您先生时常来这里买东西。"

"银座也有索尼大楼。"厚子跟在他身后不咸不淡地说着，"没什么好稀奇的。"

刑警苦笑了一下。

二人登上顶楼，这里可以俯瞰心斋桥筋的全景。

"您不喜欢大阪哪一点呢？"番场问道。

"所有。"厚子回答，"不喜欢这里的一切。尤其讨厌大阪人对金钱的那种执念。"

刑警似乎想说什么，但最终也只是点了点头。"原来如此。"

走出索尼大楼后，二人又沿着心斋桥筋向南走去。拥挤的人潮，让厚子差点喘不上气来。不仅如此，大阪人走路的速度还快得离奇，就像被什么东西追赶着似的。为了跟上他们的步伐，她甚至没有时间看看四周的景色。

而且，耳边飞扬的全都是她最讨厌的大阪方言。走在厚子前面的两个女高中生喋喋不休地说了好久，可她能听懂的内容甚至不到四分之一。她们不仅语速极快，其间还夹杂着笑声。

就在她感觉自己就快窒息的时候，二人终于到达了一处稍微空旷些的地方。眼前是一座大桥，桥的另一边是另一条马路。

"这里是道顿堀①。"刑警开口道，"今天早上就喝了杯奶茶吧？要不要吃碗乌冬面？我查到了一家您先生经常光顾的餐馆。"

厚子没什么胃口，但还是答应了，因为她实在不想再继续走下去了。

过了道顿堀桥左转，可以看到一个巨大的螃蟹模型。那是一家著名螃蟹餐厅的招牌，只不过螃蟹模型通电后挥舞蟹爪的模样，让厚子生出了一种难以形容的感觉——既被它所吸引，又觉得很不舒服。厚子不知该怎么对待这种心理，便干脆移开了视线。

番场提到的那家店就在这附近。门面很小，上面只挂着一块小小的帘子，不仔细寻找是很难发现的。二人进店后，点了两碗豆皮乌冬面。

趁着煮面的工夫，番场向老板打听了洋一的情况。老板记得洋一。

---

① 一条运河，以邻近的戏院、商业及娱乐场而闻名。——译者

"哦,那个人啊。他几乎每天都会来。还说我煮的面可比东京的好吃多了。"

"他总是一个人来吗?"刑警问道。

"是的,基本上都是一个人。"

"那他最近有什么异常吗?"

"嗯,异常倒是谈不上,就是有点无精打采的……好像有什么心事吧。"

"原来如此……啊,抱歉打扰您工作了。"

番场刚表示了歉意,老板就将乌冬面端上桌了。

"据说东京的乌冬面汤颜色很深,喝起来就是酱油的味道,是这样吗?"番场吸溜了几口面后问厚子。

"不知道。"她回答,"我平时不爱吃这个。"

话一出口,厚子就意识到自己的语气太过冷漠了。她有些担心地瞥了一眼刑警的脸,但他似乎毫不介意,依旧在大口吸溜着乌冬面。

离开乌冬面馆后,二人向前走去。不多久,就看到了另一家招牌上写着"食倒"的餐馆,前面还摆着一个手持太鼓的人偶。虽然此时一动不动,但看起来应该也是个电动人偶吧。厚子的心情,就和刚才看到螃蟹模型时一样复杂。

接着,番场又领着厚子在附近逛了好一会儿。从中座前走过,还看到了一个名为难波花月的剧场。难波花月的招牌上贴着许多喜剧演员的照片。但那些人,厚子一个也不认识。

在咖啡店里稍做休息时,厚子向番场询问了他此行的目的。她不知道番场到底为什么非要带着她到处走。

"如果我说是为了调查,您能理解吗?"

刑警的神色让厚子一时分不清他到底是认真的还是在开玩笑。

"我不明白。带我参观大阪,跟调查能有什么关系?"

"交给我就行了。"

番场没有正面回答她的问题。

离开咖啡店后,二人沿着御堂筋向北走,新歌舞伎座就在他们的左手边。二人途中恰好经过了一个卖章鱼烧的小摊。

"这是大阪的特产。尝尝?"

"不用了。"

"别这么说,陪我吃一口吧。"

番场硬是拉着厚子坐到小摊前的椅子上,并直接替她点了一份。

"大阪的这种味道,其他地方是尝不到的。我们从小就吃惯了这种味道,可以说是终生难忘啊。"

厚子盯着老板递来的章鱼烧看了好一会儿,却迟迟不肯动手。那种奇怪的感觉又一次涌了上来——既被它所吸引,又觉得很不舒服。

最终,她还是一口也没吃。在番场的催促下,二人继续沿着御堂筋前行。

4

"累了吗？"番场靠在道顿堀桥的栏杆上问道。

厚子回答说有一点。

"人口众多，但街道却都很狭窄，对吧？所以到哪儿都觉得十分拥挤。"

厚子点点头，望向桥下流淌的河水。

"您是几岁离开大阪的？"番场若无其事地问道。

厚子震惊地看着刑警，但他面色如常。

"您在大阪生活过，对吗？"

"你怎么……"

"怎么会知道，是吗？其实第一次见面时，我就猜到了。是味道，我对自己的鼻子很有信心。"

刑警用食指轻点自己的鼻子。

"小学毕业前，我一直都住在大阪。"

厚子靠在栏杆上，眺望着远方。"我的父亲是个建材批发商，原来一直住在和歌山的，后来搬来大阪了，做的还是老本行。那时候，他经常带我来这里。"

"那家店后来怎么样了？"

听到刑警的问题后，厚子轻轻一笑。

"一开始生意还不错。可是后来，同行的产品不仅价格更便宜，供货速度也更快。父亲咬牙抗衡了许久，但最终还是没能敌过他们。他一直都想不明白，对方到底是怎么把售价压得那么低的。"

定价那么低，肯定要亏本啊——厚子记得父亲总是一边念叨着这句话一边喝酒。

"于是，我们的债务就像滚雪球似的越滚越大。母亲建议干脆把店卖了，带着一家老小返回和歌山。但父亲却依旧顽固，说要最后搏一次，便大量购买了那时才刚刚面世的新型建筑材料。据说是受人蛊惑，他坚信这次可以打个漂亮的翻身仗。不仅如此，他还向那个人借了不少钱，并用店铺做了抵押。"

厚子依稀记得那一天，当母亲知道父亲为了筹措资金而打算抵押店铺时，她就像发了疯似的坚决反对。她从厨房拿来菜刀，死死地抵在自己的脖子上。

——老公，就当我求你了。要是你不听，我这就死给你看。

——蠢货，我都说了这次一定可以翻身！

父亲夺走了母亲手中的刀，母亲则蹲坐在榻榻米上放声大哭。

"父亲最终还是以溃败收了场。新材料出了质量问题，生产商也倒闭了。那家店，当然也成了别人的东西……"说到这里，厚子停下来咽了咽口水，"后来，我父亲上吊自杀了。"

番场没有说话，只是静静地看着她的侧脸。他的反应倒是让厚子轻松了很多。

"自那以后，母亲靠着给人做些针线活把我养大。她总说大阪是个可怕的城市。无论是谁，只要开始在大阪做生意，就会像着了魔似的性情大变。"

"这就是你讨厌大阪的原因吗？"番场小心翼翼地问道。

厚子直视着他的眼睛，清晰地答道："是的。"

"原来是这样啊？"

刑警就像被强光刺激了似的眯起眼睛，然后看向往来的人群。

"你在大阪生活过，却又那么讨厌大阪，这让我觉得很奇怪，所以才特意带着你在城里逛了一天。我觉得，只要我们一起走走，或许我就能理解你的心情了。我现在明白了，是因为你曾经的遭遇。"

说完，他再次看向河水。

"不过，我很喜欢大阪。不可否认，这里的确有很多让人讨厌的东西。因为工作的原因，我见过太多的腐败和罪恶，但这座城市依旧散发着一种独特的魅力。虽然这只是我的猜测，不过我想，您先生应该也看到了这座城市的魅力吧？"

厚子一边听他说着，一边呆呆地看着河畔巨大的格力高霓虹塔。

毫无设计感。只是把"格力高先生"，也就是那位马拉松运动员的画像直接放大到整面外墙的大小而已。在东京人看来或许有些老土，但不可否认，也有着极大的吸引力。这就是大阪人的处事风格。

"刑警先生。"厚子再次低头，看着河水开口道。

"怎么了？"刑警平静地问道。

"我……"

厚子看向番场，番场也从容地看着她。

"我……是我……杀了他。"

她感觉胸口似有一股东西涌出，但很快又消失了。与此同时，她的心跳加快，气息也变得紊乱起来。

然而，刑警依旧面色如常。他看着厚子，脸上挂着浅浅的笑容，仿佛正在等她冷静下来。

"我知道。"

这是番场听完后说的第一句话。说完，他便继续微笑着看着厚子。

"你果然早就知道了……"

厚子努力调整好呼吸。事实上，她已经两腿发软了。

"我不是很确定。"刑警说，"只是今天跟你相处了一整天后，愈发肯定了自己的猜测。"

厚子点了点头。自己的罪行迟早都会败露的，她宁愿落在眼前这位刑警的手里。

"其实，我前天来过这里。大前天晚上，我接到丈夫的电话后便决定过来了。"

"尽管你讨厌大阪，但还是来了？"

"我没有其他选择。"

电话中，她一开始确实是拒绝的。

——别这么说嘛，我好不容易才休息一次。

——那你回来不就好了？

——不行啊。另外，我想让你帮我把房产证带过来。

——房产证？为什么？

——我想确认点事情。见面再详细说吧。

说完，洋一便挂断了电话。无奈之下，厚子只能在次日傍晚来到了大阪。

"然后，你们是在店里见面的？"刑警问道。

厚子缓缓地点了点头。

"他一看到我，就迫不及待地让我拿出房产证。"

她把目光转回河面。霓虹灯的倒影在水面上摇曳生姿。洋一的脸慢慢浮现，与眼前的色彩斑斓交织在了一起。

"快点拿出来。"洋一命令道，但语气中带着一丝恳求。

"你要做什么？"厚子问道，其实她已经大致猜到洋一的意图了。

"你不要管那么多，反正我不会害你。"

"不要！你是打算卖掉吧？"

"我急需一笔钱。"

"果然……"

"什么果然？"

"用来做生意对吧？"

"我就暂时借用一下而已。只要扭转目前的局势，我就会在这里买一套公寓。我们还是不要再分居了。"

"如果是缺钱，你完全可以找哥哥他们帮忙啊。一彦哥跟我说过，他一定会帮你的。"

"我不想被他们看扁。无论如何，我都要靠自己的力量渡过难关。我希望你能支持我。"

"一定要卖掉房子吗？"

"这是商人的自尊，你就体谅体谅我，把房产证给我吧。"

洋一有些不耐地皱着眉头，伸出了右手。厚子一把抓起包，转过身去。

就在这时，她发现桌上放着一把水果刀。

"来，快点给我。"

就在洋一抓住她的肩膀时，厚子的手伸向了那把刀。洋一有些惊讶，但似乎并不害怕。

"你这是做什么？很危险的！"

多年前的恐怖回忆一下子涌上她的心头。那件事摧毁了她的家庭，剥夺了她所有的幸福。

"老公，你刚刚说了大阪话。"

"大阪话？"

"就是那句快点……而且还是用的大阪口音……"

"哦……那又怎么样？住的时间久了，多少都会受到一点影响。"

她双手握刀，慢慢地抵到自己的脖子上，就如同当年的母亲一样。

"求你了。"厚子哀求道，"听我一句劝吧。再这样下去，我们就会万劫不复的。"

那一刻，洋一似乎终于有些动摇了。但也只动摇了短短的一瞬间，然后他就朝厚子慢慢走了过去。

"你在说什么？别干这种蠢事了。把刀和房产证给我。"

他用力抓住她的手臂，而她则拼尽全力紧握水果刀。当年母亲之所以失败，就是因为手中的菜刀被父亲轻易夺了去。所以厚子坚信，一旦被洋一夺走水果刀，当年的悲剧就会再次重演。

"松手。"

"不要。"

挣扎间，两人重重地摔在了地上。洋一发出了一声惨叫，身体随之猛烈地抽搐起来。等到厚子回过神来,他已经躺在地上一动不动了。

他的胸口,赫然插着那把水果刀。

"我慌了神,不知该怎么办才好。便尽量擦掉了所有的指纹,然后匆匆离开了店里。接着,我乘坐最后一班新干线回到了东京的公寓。"

一口气说完之后,厚子长长地叹了口气。刑警靠在栏杆上静静地听着,直到她说完,才揉了揉鼻子的下方。

"你的话解开了我的疑惑。"

"疑惑?"

"是的。因为我想不明白,凶手为何要杀死自己深爱的人。"

说罢,番场又揉了揉鼻子的下方。

"您是……"厚子平静地说道,"怎么发现凶手就是我的?"

"因为味道。"他用指尖轻弹了一下自己的鼻子说道,"我们检查尸体时,在他的发间闻到了一股香气。那不是洗发水的味道,而是香水。我立刻联想到了女人,而且还是一个深爱着被害人的女人。"

"深爱?为什么?"

"因为那股香气只留在了他的头发上。所以我一直在想,为什么只有头发上留下了香水味呢?为什么香味只残留在死者的头发上呢?这太匪夷所思了。于是我就猜测,可能凶手曾把被害人抱在怀里过。"

刑警做出了一个怀抱婴儿的姿势。

"凶手虽然失手杀死了被害人,但离开前应该抱过被害人。抱起来后,又把他重新放下,所以尸体才会直直地倒在地上。"

听到番场的话,厚子低下头,闭上了眼睛。一切正如他所言。

她抱起一动不动的洋一,将他的脸埋在自己的怀里。她哭了好久好久,直到再也流不出一滴眼泪。

"闻到您身上的香水味时,我就知道我猜对了。只是我想不明白,您这么温柔善良的人,怎么会杀了自己的丈夫呢?"

厚子记得,他们刚一见面时,刑警就夸过她身上的香水味。其实早在那时,这个男人就已经猜中了真相。

厚子缓缓睁开眼睛。夜色骤然落下,街上的风景犹如换了一副面容,行人的神色也与白天大不相同。

"大阪的夜生活,这才刚开始呢。"刑警突然说道。

接着他看着厚子低声说道:"既然如此,那我们就走吧。"

厚子点点头,又看了一眼周围的风景。熙攘的人群依旧行色匆匆,匆匆而来,转眼间又匆匆而去。

"是啊,那就走吧……"

她也用大阪口音轻声说道。

森田向由希子倒了下去,可还没等他碰到自己的身体,她就迅速站了起来。

森田眯着眼,看到她正俯视着自己。

她怎么这副表情?这是他昏迷前的最后一个念头。

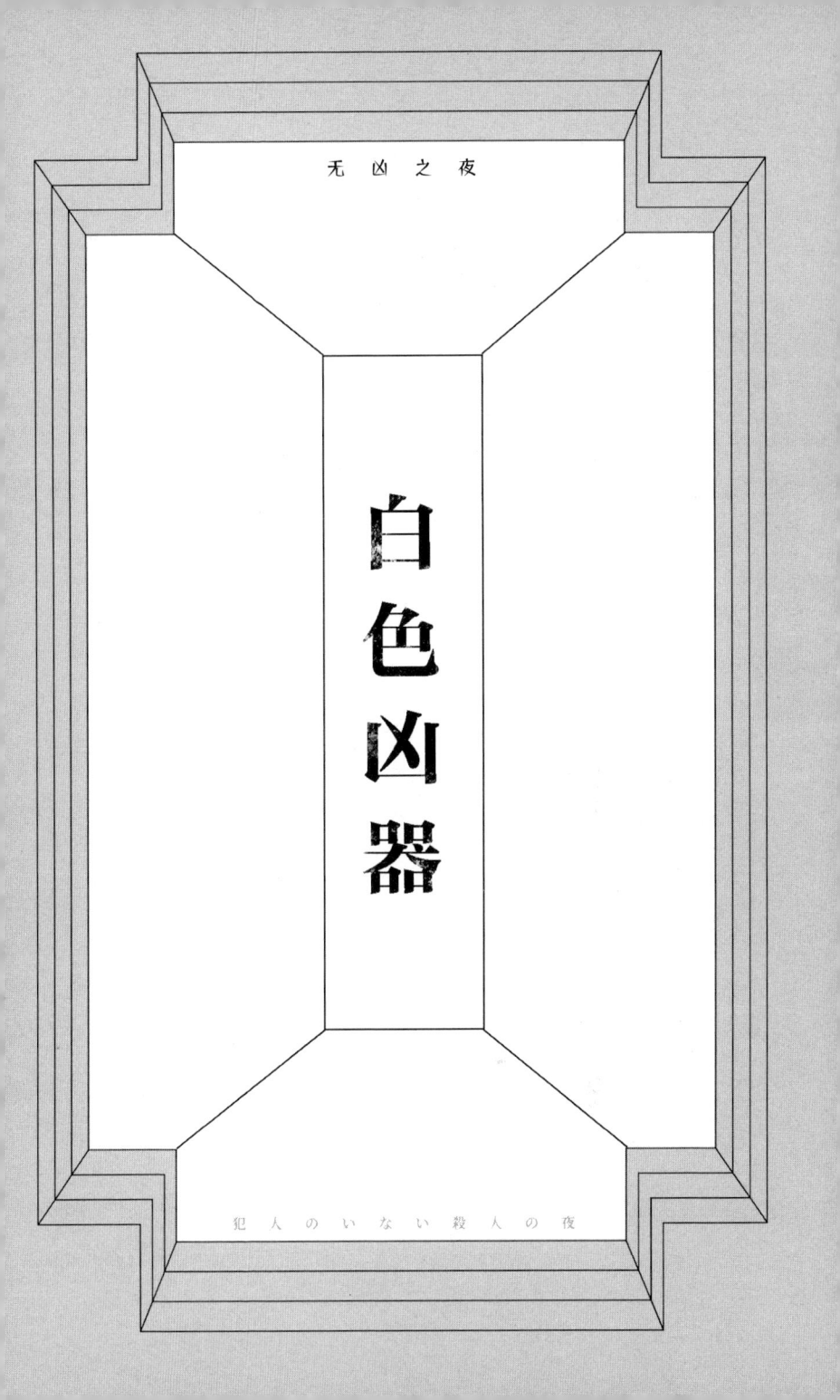

无凶之夜

白色凶器

犯人のいない殺人の夜

1

"是你……杀的吗?"黑暗中,女子说道。

房间里的灯都熄灭了,水龙头中落下一滴水,打在水池里的餐具上,发出轻响。

一段漫长的沉默。

"是,是我杀的。"

"为什么?"

"什么为什么?还用我说吗?那种人就该死。你不觉得吗?"

"是,我也觉得他该死。但杀人……难道就没有别的办法了吗?"

"没有。这是唯一的办法。你觉得,还有什么更好的报仇方法?"

"警察一来。我们可就都完了。"

"别担心,上天会站在我们这一边。我们绝对不会受到惩罚。"

"但是,但是……"

"别怕,不会有事的。闭上眼睛,好好睡一觉。像以前那样,给我唱首摇篮曲吧。"

"好,我给你唱。但是……啊,但是……我快疯了……"

2

　　看到尸体，田宫警部不由得皱起了眉头。没有谁愿意在早上看到这样的景象。他移开目光，抬头看了看。灰色的建筑向着空中延伸，玻璃窗反射着阳光。

　　"是六楼。"一位年轻刑警走到田宫身边，指着从上往下数的第二扇窗户说道，"应该是从那里坠楼的。"

　　"你怎么知道是那里？"田宫望着上方问道。

　　"死者是采购部材料科的科长，那个房间就是材料科的办公室。"

　　"嗯，明白了。鉴证科的人上去了吗？"

　　"上去很久了。"

　　"那我们也上去吧。"

　　田宫又看了一眼尸体，皱着眉头走进大楼。

　　这日清晨，材料科科长安部孝三的尸体出现在Ａ食品株式会社的园区内。七点，警卫开始在园区内巡逻，不久后就在主楼后面的小路上发现了他。尸体呈"大"字形躺在水泥路上，鲜血流了一地。

　　辖区警署的搜查人员很快就赶到了现场，由于暂时不能排除他杀的可能性，所以县警本部搜查科也派出了搜查人员。

　　"看来的确是从这扇窗户坠楼的。"

　　田宫等人一走进六楼材料科办公室，西冈刑警就指着一扇开着的窗户说道："窗框顶部的头发和血迹应该就是安部留下的。"

"这里？"田宫走到窗边，低头看着窗框，"也就是说，他坠楼的时候磕到了头？"

"应该是这样。估计很疼吧。"

"是啊。"

田宫摸了摸自己的头顶，唉，头发越来越稀疏了。

"这扇窗户一直开着？"

"听说是一直开着。"西冈答道。

"听说？"

田宫皱起了眉头。"是什么意思？"

"这家公司的警卫，每天凌晨一点都会在大楼里巡逻一次。据说昨晚巡逻的时候，他发现这个办公室亮着灯，窗户也开着。"

"那警卫后来做了什么吗？"

"据说只是关上了窗户，然后就继续巡逻了。因为偶尔会有员工会加班到深夜，所以他也没想那么多，只是单纯觉得还有人在加班。"

这种巡逻有什么意义？田宫心中暗道，但还是忍住没说出来。

"这么说来，坠楼的时间应该在凌晨一点之前了。"

"推定死亡时间……"西冈拿出笔记本，"是在昨夜九点到十一点。"

"原来如此！"

田宫站在窗边，窗户的高度只在腰部略上方一点。探出头去，可以看到调查人员正在收拾现场。太高了，让人不由得两腿发软。

"安部的座位在哪里？"

"这里。"

西冈指了指背对窗户的两个座位中的一个。椅子上贴着一块写有"安部"的标牌，旁边椅子的标牌上则写着"中町"。

安部的办公桌很整洁，除了立起来的文件和笔记本，就只有一个装满烟头的烟灰缸。

田宫看了看办公桌旁的垃圾桶，里面堆着一些纸团和碎纸片，显然是昨晚工作后留下的。田宫拿出一张摊开来看了看。不是什么会议资料之类的东西，而是用记号笔写的大字。

田宫再次把纸揉成一团后丢回垃圾桶。

很快，员工们陆续来上班了。专务董事、安全部长等人也纷纷过来了解情况，但田宫都只是礼貌性地打了个招呼。他知道不管问他们这些人什么问题都是白费力气。

材料科的工作人员全都被安排在旁边的会议室里等候询问。田宫首先叫来了一个名叫佐野的男人，他是这些人中最为年长的。

佐野身材微胖，皮肤较白，看起来有些懦弱，但担任着组长一职。据他所述，安部昨天本就计划要加班到深夜，说是因为今天有采购部会议，得提前准备一下报告资料。

"留下来加班的，只有安部一个人吗？"田宫问道。

"嗯……一般都会有好几个人的……您可以看看考勤记录。"

田宫向西冈使了个眼色，对方立刻心领神会地起身离开了。

"你们也都吓了一跳吧？"

等待西冈返回的工夫，田宫点了一根烟，随意问了几个问题。佐野点了点头，也掏出了一根希望牌香烟。猛地吸了一口后，他看起来平静了许多。

"今天，我有两份文件需要科长签字，来的时候满脑子想的都是文件的事情。怎么都想不到会发生这样的事情。"

佐野用指尖夹着香烟,轻轻摇了摇头。

"你有没有觉得安部先生昨天有什么不对劲的地方?"

"嗯……没什么,我觉得挺正常的啊。"

"你刚刚说今天要开会,是非常重要的会议吗?"

"不是的。只是个例行会议而已。"

说完,佐野急匆匆地吐了口烟。

没过多久,西冈就拿来了材料科员工的考勤表。从考勤表上来看,昨晚还有两位员工加班,一位名叫森田,另一位是个名叫中町由希子的女人。森田和中町由希子的下班打卡时间分别为九点零五分及十点二十二分。田宫先叫来了森田。

"我有一份报告必须在昨天完成,所以就留下来加班了。"

森田长得十分帅气,身材也很健硕,虽已年过三十,但如今还是单身。他应该很受异性欢迎吧,田宫心想。

"你离开公司的时候,安部先生在做什么?"

"好像还在整理资料吧。中町小姐也在帮他。"

"他神情如何?比如会不会很生气……"

"在笑。我离开前,他几乎都在跟我们开玩笑。"

"哦,在笑……啊。"

至少从森田的描述来看,安部不太可能自杀。

中町由希子身材娇小,长着一张娃娃脸,看上去比她二十四岁的实际年龄还要年轻许多。她看起来非常紧张,一直紧紧地揪着手帕。由希子主要负责材料科的人事工作,所以就坐在科长旁边。

"昨晚,我一直在协助科长工作。科长写好草稿后,我帮他把东西打出来。我记得是在十点多结束的,然后科长对我说了一句'辛苦了,先回去吧',于是我就先走了。"

"那么当时安部先生在做什么呢?"

"应该在收东西吧。"由希子低着头答道。

"加班期间,有没有发生过什么特别的事情?比如接到了谁打来的电话之类的。"

"没有。"

她的声音很小,但还算清晰。

中町由希子离开后,田宫问西冈:"你怎么看?"

"现在还很难说。"西冈答道,"如果中町由希子没有撒谎,那么安部坠楼的时间就应该在十点二十分之后了。而且,综合两人的证词来看,他应该不是自杀。"

"是的。而且……"田宫看着窗框的顶部,"一个人再怎么迫切地想自杀,都不至于把头撞到窗框上。"

田宫觉得事情没那么简单。

"不过……你知道死者多重吗?"

西冈似乎猜到了他的想法。

"不知道,多少公斤呢?"

"八十至八十五。"

"嗯……"田宫沉吟。办公室内没有打斗过的痕迹,而且从窗户的高度来看,就算有人从后面推了一把,他也不会马上掉下去。更何况他的体重还高达八十公斤……

"不太可能啊。"

他指的是被人推下去的可能性。

"至少我做不到。"西冈说道,"要是职业摔跤手,那说不定还有可能。"

"这么说,真是一场意外了?死者是不慎坠楼的?"

田宫再次走到窗前,低头看去。

"可是,到底他做了什么,才会从这里坠楼呢?"

3

下午,搜查人员全部撤离了现场,材料科的十五名员工也全都回到了各自的岗位。森田也坐了下来。他的位置在安部的正前方,与佐野面对面。也就是说,右侧是科长,正前方是组长。然而,今天科长的位置上空无一人。不仅是今天,明天也一样,至少自己不会再被安部盯着看了。想到这里,森田望着那张空荡荡的桌子,突然生出了一种奇妙的感觉。

正准备开始工作,坐在他斜前方的中町由希子站了起来,看样子是准备去复印室。森田随手拿起几份文件跟了过去。

复印室里没有其他人。看到他后,由希子默默地伸出右手,想顺手帮他把文件复印了。但森田没有理会她的动作,而是小声问了一句:"他们问你什么了?"

由希子默默复印了几页文件后答道:"问我昨天几点回去,还有当时科长的情况之类的。"

"那你是怎么说的？"

"我就按照考勤记录回答的呀。至于科长嘛，也没什么特别的……本来就是这样啊。"

"是的。所以我的回答也是一样。"森田说道。

但由希子没有接着回应，而是继续忙着手里的工作。

森田听着复印机的声音，继续说道："对了，我有件事要和你说。"

4

"轮到他了。我要杀了他。"

"不行，你不能那么做。"

"有什么不能的？他们都是一丘之貉。难道你不恨他吗？"

"恨，恨到咬牙切齿，恨到都快疯了。可这些人却丝毫没有意识到自己罪孽深重。"

"他们就是这样的人。那就都杀了吧。别犹豫。放手去报仇吧。"

"嗯，是啊。是该报仇了……"

"要怎么杀他？怎么杀？"

"要想个好办法才行。"

"想想看。"

5

田宫很焦急。连续调查了这么多天,依旧没有得到任何有用的线索。中町由希子离开办公室的时间是晚上十点二十二分。从推定死亡时间来看,可以肯定安部是在其后的大约一个小时内坠楼的,可当时是半夜,根本没人听到任何动静。而且那段时间里,所有人都可以自由出入公司,还不会留下任何记录。因此,虽然中町由希子是最后一个打卡离开的,但只要是知道当天安部会留下来加班的人,都有作案嫌疑。

还有一个问题,凶手到底是怎么把安部这个大块头推下去的?尸检结果显示,死者被杀后再被人推下楼的可能性几乎为零,而且鉴证科认为,从落地的位置来看,他是被一股巨大的力量抛出去的。

难道真的是自杀?

"绝对不可能!他是一个能够完美兼顾家庭和事业的人,应该过得很满足才对。他还说下次休假要带上全家人出去旅游呢。"安部的太太悲痛欲绝地说道。

田宫当然知道太太口中的"绝对"是不可信的,可问题是其他人的证词也与她的说法基本吻合。几乎所有人都认为,安部是个很豁达的人,无论发生什么,他都不会走上自杀这条路。

那么,调查的方向就要回到他杀上来了。

可是到目前为止,完全没有发现安部曾经与人结怨的迹象。他虽然平时有些大大咧咧,但为人善良宽厚、乐于助人,深受大家的喜欢。说起来，案发当晚，他不也和森田以及中町由希子开过玩笑吗？

那么，安部的死会让谁得利呢？这个方向同样也找不出嫌疑人。安部一死，他的手下的确有可能升职顶替他的位置，但应该没有人会为了这个而杀人吧。

于是，他杀假设也开始动摇。

就在此时，第二个案件出现了。

6

距离安部去世已经过去一个星期，材料科办公室恢复了正常的工作节奏，大家也逐渐习惯了科长的办公桌旁空无一人。

突然，佐野办公桌上的电话响了。今天佐野不在，说是要去供应商的工厂视察。

"您好，这里是材料科。"一位正好路过的员工接起电话，"是的，佐野是我们公司的员工……啊？不会吧？真的吗？……好的……好的。"

听到这里，森田等人纷纷抬起头看着他。只见他绷着一张脸，正在不停地记着笔记，汗水已经开始顺着他的额头流下。

"不好了。"扔掉电话后，他小声地自言自语，"佐野他……死了。"

乍一看，这只是一场单纯的交通事故。驶入车道转弯处时，佐野因转弯角度不足而撞上了护栏。幸运的是，佐野没有撞上其他车辆，可他本人却当场身亡。后车车主告诉警方，事故发生前就看到前车不停地摇晃，看起来十分危险。这名车主接着补充，说正因如此，他才故意和前车拉开了一段距离，所以没有被连累。

现场勘察结果显示，佐野是在驾驶途中睡着了。

然而，一直负责调查安部死因的县警本部搜查一科觉得这起事故仍有疑点，要求对尸体进行解剖。一般而言，只有遇到肇事逃逸等带有强烈犯罪嫌疑的案件，警方才会对尸体进行解剖，自损事故则通常不做要求。

结果出来了，从佐野的体内检测出了安眠药的成分。

田宫和西冈二人再次回到A食品总公司，找了几名材料科的员工来问话。取证结果显示，科里全员都知道佐野今天会开车去供应商处；他离开公司前喝过一杯茶；这杯茶是中町由希子为他泡的，而由希子每天早上十点都会为所有同事泡茶。

中町由希子被叫来问话。和第一次一样，由希子低着头走进来，然后紧绷着身体坐了下来。

田宫装作无意地询问了泡茶一事。由希子承认当天确实给众人泡过茶。

"你一般都在哪里泡茶？"

"就在走廊上的茶水间。"

"你一个人泡的？"

"是的。"

"那天早上你泡茶的时候，有其他人进过茶水间吗？"

由希子歪着头想了想。

"不记得了。"

"偶尔也会有人进来。那天有没有……我就不记得了。"

"那你在泡茶的过程中,有没有离开过茶水间?"

中町由希子回忆了片刻,十分肯定地回答道:"我觉得没有。"

田宫看着由希子。她时而摩擦手掌,时而双拳紧握,一双娇小的手如陶瓷般洁白。

"不好意思,可以带我们去茶水间看看吗?"田宫想了想说道。

由希子似乎对他的要求并不意外,说了一声"好"后便站了起来。

茶水间不大,里面配备有水池和饮水机。由希子迅速将茶壶洗干净后,换上新的茶叶,接着又从柜子里取出两个茶杯,为田宫二人泡了茶。两位刑警连忙道谢。

"这茶很不错。对了,每个人都是固定的茶杯吗?"田宫望向柜子内问道。

"不是的。"由希子回答,"柜子里一共有四十六个茶杯,都和二位手里的一模一样。我每次都是随机取用的。"

"哦,是这样啊。"

这么说来,就算把安眠药下在茶里,也无法保证一定会被佐野喝下。

"你给他们端茶的时候,是要亲自放在他们桌上吗?"

"是的。"

"哦,那可真是辛苦你了啊。噢,不用再给我们添茶了。谢谢你的好茶。"

看到由希子正准备往茶壶里添热水，田宫连忙拒绝。

由希子则平静地说道："不是，我是准备泡给科里的同事的。"说着，她开始将形状相同的茶杯摆上托盘。

"我不太明白。"走出公司后，田宫一边走向车站一边嘀咕着，"照目前的情况来看，中町由希子显然是最可疑的。她不仅是安部坠楼前见过的最后一个人，而且在佐野的案子里，她也完全有机会下手。"

"的确如此。但这些都是我们看到的表面现象。就比如安眠药，也未必就是被下进了茶里。"

"是啊。"

"总之，先彻底调查一下安部和佐野的交际圈吧，肯定会发现隐藏的交集。"

7

警方开始调查佐野的相关资料，但在田宫看来一条有用的都没有。几乎所有人对佐野的印象都是"胆小怕事，但认真负责"。而且，佐野平时也从不喝酒或赌博。田宫回忆起第一次见到佐野的情景，看上去他的确是这样的人。

"至于他与安部的关系，似乎也只有职场中的上下级关系了。所以这两个人的人际关系交集，也就只有同一个办公室里的同事们了。"

负责调查此事的警察一脸疲惫地汇报着。

于是,警方内部也开始怀疑这起事故只是一场意外,只不过恰巧紧跟在安部坠楼事件之后罢了。然而,安眠药的问题并没有得到合理的解释。

"佐野的太太称佐野从不服用安眠药。他是极其谨慎的人,开车前甚至连奈良渍[①]都不敢吃。"

一位搜查人员对此很有自信。

不过,调查工作倒也并不是毫无进展。搜查人员发现,在安部坠楼的可能时间段内,办公室内的其他人都有不在场证明。也就是说,中町由希子是唯一一个有可能身在现场的人。

当然,这并不能证明什么。因为凶手未必就是安部的下属。

只是考虑到安部和佐野的交集,由希子确实是个不容忽视的存在。

"中町由希子……确实有些古怪。"田宫摸着下巴说道。

其实早在安部坠楼事件发生后,警方就曾对中町由希子进行过初步的调查。从报告就能看出,这位普通的年轻女孩,其实一直都过得很艰难。

四年前,她从当地的一所专科学校毕业后,入职了现在这家公司,并被分配到资材部工作。

到这里为止,她过得还算顺利。

一年后,她遭遇了人生中的第一个不幸——她的母亲因为癌

[①] 一种日本奈良风味的腌菜。——译者

症去世了。她自幼丧父，也没有兄弟姐妹，所以自那以后，她在世上就没有亲人了。

支撑她度过那段艰难时期的，是当时与她在同一个办公室里工作的同事中町洋一。洋一对她的照顾，可谓事无巨细。向来不爱说笑的由希子，遇到洋一后变得健谈、开朗了许多。去年秋天，二十三岁的由希子与洋一步入了婚姻的殿堂。

可以说，婚后的半年，是她一生中最美好的时光。西冈等人听说，由希子婚后美得简直就像变了一个人似的。

然而，正如上面提到的那样，由希子的幸福生活只持续了半年。今年五月，洋一在一场车祸中丧生。一个雨天，他因为方向盘打得不及时而撞上了电线杆。

这一次，由希子没能再振作起来，她请了两星期的长假。后来公司给她换了一个部门，也就是现在的采购部材料科。

"她丈夫的死，没有什么可疑之处吗？"田宫看完报告后抬起头，向一旁的西冈问道。

"我查过了，看起来没有什么疑点。不过很遗憾，当时没有做过尸检。"

"他与安部和佐野是否有什么联系？"

"这一点我也仔细调查过了，可以说毫无交集。"

"啊，怎么就毫无线索呢！"

田宫将双手枕在脑后，伸了个懒腰。

"不过后来我们查到一件事，她曾经流产过。"

"什么？流产？"懒腰伸到一半的田宫惊讶地问道。

"是的，流产，"西冈重复道，"上个月，中町由希子流产了。"

"继续说。"田宫坐回椅子上。

据西冈调查,中町由希子上个月初请了十天的假。加上星期六、星期日,实际上她一共休息了两个星期。据说她半夜突然腹痛,是坐救护车去医院的。

"于是就流产了?"

"是的。"西冈平静地说,"主治医生说,那是她已故丈夫的遗腹子,也是她活下去的唯一动力。所以那几天她一直都处于神经衰弱的状态,就连医生也觉得束手无策。"

"现在她的精神倒是不错。"

"据说过了七八天后,她也就慢慢冷静下来了。"

"公司里的人都知道她怀孕和流产的事情吧?"

"当然知道。据说出院后的那段时间,还特意给她安排了比较轻松的工作。"

田宫努着下唇"嗯"了一声。

"问题就在于,不知道是否与这次的事件有关。"

"目前还看不出任何关联。失去孩子后,由希子陷入了绝望,但这件事与安部或佐野并无任何关系。"

"嗯……"

田宫站起来看向窗外。中町由希子那张有些阴郁的脸突然浮现在他的眼前。深爱的丈夫意外离世,期待的孩子胎死腹中,这对她的打击该有多大啊?

8

距离佐野遭遇车祸已经过去三天了。材料科仿佛一直笼罩在一股莫名的阴郁气氛之中。

不仅是因为两位同事接连身亡，更是因为一个不知从何而来，如今几乎已经尽人皆知的传言——凶手就隐藏在材料科的成员当中。公司规定，员工在上班期间都应佩戴写有工作部门名称的胸牌。于是有些人一看到采购部材料科的工牌，就会露出古怪的神情。

如此一来，他们在公司里的处境就变得很尴尬，所以大部分员工都不愿意再加班了。

这天，森田也准点走出了办公室，只是他下班的原因与其他人不同。

出了大门，走了没多远，森田就追上了中町由希子。看到他，由希子的黑色双眸中出现了一丝慌张。

"我发现了一家咖啡店，同事们不会来的。"森田看了看四周后小声说道，"我想再跟你聊聊前几天说的那件事。"

"我今天有点忙……"

"只要一会儿就够了。"

听森田这么说后，由希子低声答应了。

步行大约十分钟后，两人到达目的地。这是一家咖啡专卖店，店内比较昏暗。果然，没有看到熟悉的面孔。由希子虽然还很年轻，但毕竟是个寡妇，而且丈夫也才刚刚过世四个月左右。若是森田强行邀请她，一旦被公司发现，肯定会受到警告。

森田拿出一支烟放进嘴里，默默地吸了半支左右。由希子低下头，俯视地面。昏暗的灯光下，她脸上的线条显得格外分明。

"我知道这很疯狂。"森田在烟灰缸里熄灭了第一支香烟，接着拿出了另外一支，"但我等不及了，我到底要等多久？一年，还是两年？"

听到这里，由希子轻轻一笑，微微歪着头说道："我还没想过这个问题。"

"我知道，所以你不用想，什么也别顾虑，跟我交往一段时间好吗？"

"但是……"

"当然，我会努力避开所有人的耳目。"

"……"

由希子沉默了，但似乎并不生气。或许是对森田的强势感到很无奈，她望着斜下方，唇角还带着一丝微笑。

离开咖啡店后，森田提出想送她回家。由希子倒也没有严词拒绝。虽然没有得到任何积极的回应，但森田觉得至少也不是毫无希望。

自从由希子换到现在的部门后，森田就被她深深地吸引了。虽然没有倾国倾城的长相，但她身上带着一种朴素的魅力。一直以来，森田的交往对象都是些光彩夺目的女人，由希子的出现顿时让他感到耳目一新。

虽然她结过婚，但森田对此丝毫不介意。反倒是听说由希子上个月流产后，森田心里多少有些硌硬，总觉得她死去的丈夫有些阴魂不散。

两人走到一栋漂亮的二层公寓前,由希子突然停下了脚步。狭窄的停车场里站着一个人。看到二人后,那个又高又瘦的身影走了过来。借着灯光,那张脸慢慢清晰了起来——是个稚气未脱的高个子男孩,手里还提着一个大大的袋子。

"阿伸,不好意思。"由希子说道,"刚刚临时有事拐去其他地方了,回来晚了。等很久了吗?"

男孩摇摇头,沉默着将手里的袋子递了过来。

由希子接过袋子后说了一声:"加油哟。"

男孩看着她,轻轻地点了点头,然后将目光转向森田的方向,但又似乎并没有看他。点头致意后,男孩便从森田身边走过,继而消失在了夜色中。

"他是亡夫的弟弟。"看着少年逐渐消失的背影,由希子说道,"现在在夜间大学读一年级。平时在一家汽车修理厂打工,住在里面,每周过来拿一次换洗的衣服。"

"你要给他洗衣服?"

森田的语气中带有一丝责问。但她没有回答,说了一声"再见"后,便走进了公寓。

9

等待下属汇报的间隙,田宫一直望着窗外。就在这时,有个东西突然映入了他的眼帘。对面大楼，有人爬上了窗边的凳子。所幸那扇窗户是关着的，不然真让人忍不住为他担心。

只见站在凳子上的那个人，从上面取下了一个看着像相框的东西。看起来他就是为了取下那个相框才爬上去的。

看着这一幕，田宫突然想到了什么。

"喂！"田宫冲着西冈喊道，"把站在地上的人推出窗外确实很困难，但如果那个人是站在窗边的椅子之类的东西上，不就轻而易举了吗？"

"嗯？"西冈一时没明白他在说什么。

"假设你要推的人站在这上面。"

田宫拿了把椅子放到窗边。

"哦，那就很简单了。"西冈说道，"可是谁会站在窗边的椅子上呢？"

"当然有可能啊。我们不是偶尔也会在窗户和天花板之间的墙上挂相框或是贴标语吗？那就得在窗边找个东西爬上去了。"

西冈皱起眉头，用指尖按压太阳穴，想象着那个画面。

"也就是说，当时安部是打算爬上去贴标语？"

"没错，而且他要贴的标语是'请勿过度吸烟'。"

"你怎么知道？"

"因为那天，我在垃圾桶里找到了一个纸团，上面就写着这几个字。所以，安部当时应该是打算把那张纸贴在窗户上，于是爬上了椅子。然后，凶手从后面慢慢靠近，趁安部不注意时打开窗户，接着就……"

说到这里，田宫将双手手掌向前推出。

"用尽全身力气一推。站在椅子上的安部就会失去平衡，向窗外倒去。由于冲力太大，他的头还撞到了窗框上。"

"原来如此！"西冈连连点头表示赞同，"这个推测很有道理。"

"但是，如果用的是这个办法，那凶手必定是安部极其信任的人。如果突然有陌生人出现，安部一定会有所警惕的。"

"没错。换句话说，凶手是一个随时可以出现在安部身边的人。"

"对！"田宫说道，"如此一来，剩下的就只有动机了。"

"说到动机，我刚刚突然有了一个想法。中町由希子的流产，真的和安部、佐野等人毫无关系吗？"西冈颇有些意味深长地说道。

"什么意思？你是说这两件事之间有联系？"

"不，其实我也不知道。关键在于中町由希子的想法。只是我想起了最近在报纸上看到过的一些报道。"

"别吊我胃口了，"田宫苦笑道，"你到底在说什么？"

"就是您刚刚自己说的啊！"西冈指着窗户，"贴标语。"

10

午休时间，大部分人都去公司食堂吃饭了。但森田知道，中町由希子偶尔会自己带便当来公司。今天也是如此。

等所有人都离开后，森田走到由希子旁边。她用的是黄色的特百惠塑料盒装便当。

"看起来很好吃啊!"他开口道。

由希子拿着筷子看了一会儿便当,然后抬头看向森田。

"你不去食堂吗?"

"我今天还有点事要做。"

森田走到她身后的窗边,向下看去。真不敢相信,前些日子有人曾经从这里掉下去。

"不如,我们找个时间好好吃顿饭吧?"他提议道,"每次都只能聊一会儿,这样我们的关系很难有进展啊。我发现了一家很不错的店,肯定不会被人发现,你一定会喜欢的。"

"不行。"她放下筷子,低头道。

"为什么不行?是时间问题吗?我觉得时间根本就不是问题。如果你实在不想和我一起吃饭,那就算了。你直说就好。"

他用询问的眼神看着由希子。

由希子沉默了一会儿,像是下定某种决心似的,抬头看着森田的眼睛。

"一定要去餐厅吗?"她问道。

"不,我只是想找个地方跟你好好聊聊天而已。咖啡店还是不太适合聊天的,对吧?"

"我不是这意思。"森田说完,由希子缓缓摇头,"我是想说,要不就去你家坐坐吧?那样就可以慢慢聊天了吧?"

森田一时间没能明白她的意思,等到领会了其中的含义后,立刻就喜笑颜开地把手搭在她的肩膀上。

"只要你愿意,我当然没问题啊。不过我房间有点脏,今晚我就打扫一下。那，你想什么时候来？"

"都可以。"她说。

"那就明天吧，就在上次的咖啡店碰面。七点，可以吗？"

由希子轻轻点头。

森田打了个响指："太棒了。明天一定是难忘的一天。"

"不过。"不同于森田的一脸开心，由希子的神情十分严肃，"这件事绝对不能告诉任何人。如果你说出去，我以后就不会再和你见面了。"

她的语气很严肃。

森田不由得认真起来，略微提高了一点声调说道："好，我保证。"

11

田宫和西冈去了由希子流产时住过的医院，找主治医生问了几个问题。那位医生面容轮廓分明，一看就是个心思敏锐之人。

田宫首先询问了由希子流产时的情况，他的回答与西冈所说的大致相同。

"她有没有跟您说明过流产的原因？"田宫问道。

"大致说了一些，但没有涉及太多细节。因为当时她的状态很不好，所以我更关心的是下一步的治疗方案。"

随后他又补充说，作为一名医生，更应该关注未来的事情，而非纠结于过去。

"原来如此，据说她当时有些神经衰弱？"

"看起来挺可怜的。"

大概是想起了当时的情景，医生眉角低垂地轻轻摇了摇头。

"不过她还是恢复过来了吧，后来是怎么走出来的？"

医生交叉双臂道："当时发生过一件事，虽然我也不知道这与她的恢复是否有直接关系。一开始得知流产时，她几乎要崩溃了，不停地说对不起死去的丈夫，后来发现错不在她自己时，她才开始冷静下来……"

"错不在自己——她是这么说的？"

"嗯，是的……"

田宫微微凑了过来。

"医生，还有件事想问问您。她有没有问过这样的问题……"

回到搜查本部后，田宫让下属给A食品公司打了电话，说有要事找森田，让他马上来接电话。

可是，对方告诉他，森田已经回去了。据说下班铃一响，他就急匆匆地离开公司了。

"他说今天要接待一个很重要的客人，但客人的身份是绝密信息。"

"很重要的客人？绝密信息？"

这让田宫生出了一种不好的预感。田宫又问中町由希子是否还在公司。年轻的搜查人员转达了这个问题，随即马上对着田宫摇了摇头。

"据说她也是一下班就马上回家了。"

"不好。"田宫咬着嘴唇,"快,马上去森田家。"

12

"你真的没有对任何人说过吧?"走到公寓门口时,由希子再次不放心地确认道。

这都问了几次了啊?从昨天约好去森田家开始,她就不停地问这个问题。

不过森田倒也能够理解她的担心,毕竟人言可畏。所以他没有对任何人说过今天要与她见面的事情。当然,这也不是什么可以大大方方示众之事。

"别担心。这是我们两个人的秘密。"

森田宽慰戴着墨镜的由希子。虽然不可能在这间公寓里遇到熟人,但由希子还是不愿意摘下墨镜和白帽子。而且,她今天穿的衣服和平时上班时的穿着也很不一样。

森田的房子是一室一厅的结构。进门后,左边就是卧室。森田换完衣服出来时,由希子正在煮咖啡。

森田将咖啡放在茶几上后,在沙发上坐了下来。由希子也在他旁边坐下。

"我一直很想就这么坐着和你聊聊天。"

森田说完，喝了一口咖啡。

"好啊。"

由希子拿起桌上的万宝路香烟递了过去。森田拿出一支叼在嘴里，由希子又拿起旁边的打火机为他点了火。

这支烟真是太美妙了，森田心想。

"那我们聊点什么好呢？"

"唔……"她把食指放在嘴角道，"聊聊烟草吧？"

"烟草是一种在田间种植的一年生草本植物……"森田向天花板吐出一口烟，"是这个世界上最好的嗜好品原料，但是过量吸烟就会变成尤·伯连纳。"

"尤·伯连纳？"

"他死于肺癌。"

森田喝了口咖啡后，继续吸起了烟。

"你不会得肺癌吧？"由希子问道。

"我不会的。我相信我不会。"

随后，森田开始说起自己小时候的事情，比如上学时喜欢打冰球，曾经努力增重过，还有踢球射门时自己冲进球门里的事情……

他突然觉得好困。

眼眶开始发热，眼皮沉得抬不起来，甚至有些坐不住了。

"怎么回事……"

森田向由希子倒了下去，可还没等他碰到自己的身体，她就迅速站了起来。

森田眯着眼，看到她正俯视着自己。

她怎么这副表情？这是他昏迷前的最后一个念头。

13

"终于成功了。一切都结束了。"

"是啊,结束了。一切都结束了,而且很顺利。"

"啊,终于可以睡觉了。好好睡一觉吧。"

"是啊。不用再痛苦了。那些杀人的恶魔都已经从这个世上消失了。他们全都已经坠入地狱。"

"我不是说了吗?警察什么都不知道,他们对真相一无所知。"

"如你所言。我们不会受到惩罚的,上天会站在我们这一边。"

"站在我们这一边。我们……"

14

森田终于睁开了眼睛,脑袋嗡嗡直响,好像遭到了强烈的撞击。看到眼前长相凶悍的男人后,他彻底清醒了。

"终于醒了啊。"男人说道。

仔细一看,才想起这是之前见过的刑警,好像是叫西冈。

坐起来后,森田感觉脑袋一阵阵抽痛,难道刚刚被打了好几个耳光?

"她呢?"

森田四下张望，寻找她的身影。窗户和大门都被打开了。除了西冈外，家里还有几个陌生人走来走去。

"她呢？"

森田又问了一次，随即西冈抓住森田的肩膀，用严肃的眼神看着他。

"她应该在家，不过很快就会被捕。"

森田睁大了眼睛。"为什么？"

"谋杀以及杀人未遂。你难道还没发现，自己差点就被杀了？"

"怎么会……"

"真的。她给你下了安眠药，然后打开煤气管道后自己跑了。所幸她不了解煤气。你用的是天然气，所以不会导致一氧化碳中毒。"

"她为什么……你们知道原因吗？"

"倒是猜到了一点。"西冈说，"那我就告诉你吧。不过……我觉得你应该不会相信。"

15

田宫等人赶到由希子的公寓时，她的房门口正站着一个人。一个穿着黑色T恤、瘦瘦高高的男孩，手里还提着一个大袋子。

看到田宫他们后，男孩缓缓地摇了摇头，眼神里满是悲伤，仿佛已经明白了一切。

"你是?"田宫问道。

"中町伸治。"

他低头致意。

"啊,那就是她已故丈夫的……你为什么在这儿?"

"我把要换洗的衣服拿过来。"伸治举起那个大袋子示意道,"然后,也顺便来看看她,我时常过来的。"

"来看她?"田宫皱起了眉头,"这是什么意思?"

男孩没有回答,反而问了另一个问题:"你们是来抓我嫂子的吗?"

他的声音有些颤抖。田宫有些惊讶,随即点了点头。

"你都知道了?"

"知道一点而已……但我一直觉得那应该就是我嫂子干的。"

"那你知道她为什么会这么做吗?"

男孩低下了头。

"哥哥去世后,嫂子非常伤心。后来她发现自己怀孕了,这才终于好起来,说要好好抚养这个孩子长大。结果,又流产了……自从流产之后,嫂子的行为就变得很古怪。时不时就会自己一个人发呆,或是突然大哭起来。过了一阵子,又变得沉默寡言。嫂子曾经告诉我,说她已经知道孩子的死因了。她说自己的同事都是烟鬼,她之所以流产,就是因为怀孕期间一直和这些人一起工作。"男孩咽了咽口水继续说道,"她说自己一定要报仇……我还是第一次在嫂子脸上看到那么可怕的表情。"

田宫把手放在伸治微微颤抖着的肩膀上。

"我明白了。剩下的就交给我们吧。"

伸治抬起头，用恳求的眼神看着田宫。

"刑警先生，我在一本书上看到过，如果罪犯精神失常，是可以从轻处罚的吧？"

"嗯，是有这个规定，但你嫂子也不适用吧。"

"刑警先生。"

"唔？"

"你知道我为什么站在这里吗？"

田宫看着男孩，摇了摇头道："不知道。"

"我经常会站在这里，一直等到她把孩子哄睡。"

"哄睡？"

"请来这里看看，也请仔细听。"

伸治打开厨房的窗户，让田宫站过来看。田宫依言照做。

只见由希子正坐在厨房对面的房间里，手中抱着一个娃娃，自言自语着。

"已经不用再担心了吧？是啊，完全不用担心了。那些妨碍我出生的人都已经消失了。是的，都消失了。所以，今晚就安心睡觉吧。嗯，妈妈，谢谢你。你在说什么？妈妈什么也没做啊。这些全都是你做的。你杀了他们。妈妈只是在旁边看着你而已。妈妈，给我唱首摇篮曲吧。好啊，我给你唱。我们一起唱吧……"

我接过递来的纸张,强压住心中的忐忑缓缓打开。在写满了杂乱分数的成绩表旁边,那句话清晰可见——
"我选择去死,因为已经无路可走,却被教练发现并阻止了。他对我说,还有希望。可是,教练,我还有什么希望呢?"

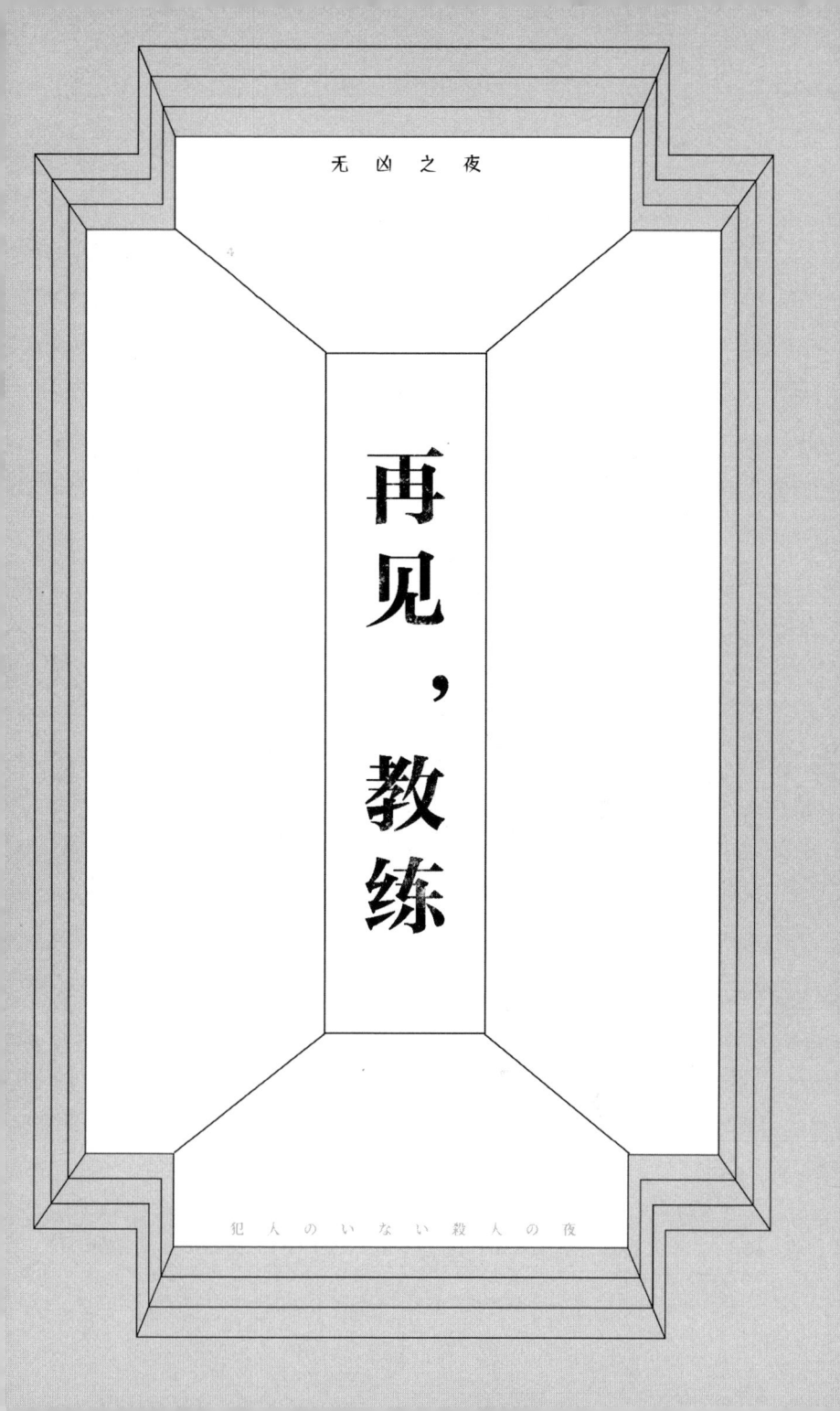

无凶之夜

再见,教练

犯人のいない殺人の夜

1

一开始画面中空无一人。不过，很快直美的身影从左侧进入了画面。

直美走向靠墙的长椅，坐下，直面镜头。一如往常，除了涂着一层淡淡的口红外，她脸上没有化任何的妆。或许是身后的墙壁白得耀眼，将她那棕色的皮肤衬得分外醒目。她一头齐耳短发，耳朵上戴着红色的珊瑚坠子。

她眨了眨眼睛，嘴唇微微抖动了几下。然后，她深深地吸了口气，这才一改刚才的局促，目光坚定地直视着镜头。

"教练……"直美终于开口说出了第一句话，"我真的觉得，我……好累。"

说完，她又丹唇紧闭，抬起右手贴在运动服的胸前位置，轻轻闭上双眼，似乎在调整呼吸。

她就这样一动不动。几秒钟后，她终于重新睁开双眼，右手依旧紧贴在胸前。

"这已经不是第一次了。每当我濒临崩溃的时候，总是不由得想起教练曾经对我说过的话。你说，只要再忍一忍就好了，加油……"

直美摇着头继续说道："不过，这次不行了。我其实并没有那么强大，我坚持不下去了，我受不了了。"

说完，直美垂下眼睑，下意识地搓动双手，似乎在思考着接下来要说的话。

"那次的事情，你还记得吗？"直美再次扬起一直低垂的脑袋说道，"那段人生之中最美好的时光。那时候除了我，其他队员也都还在。中野、冈村……听说，她们现在都升级成贤妻良母了呢。退役后再回到职场，总归令人心情不畅，所以她们没干多久，一个个都辞职了……"

直美一边说一边抬手捋了捋头发，嘴角泛起一丝苦笑。"不知不觉怎么又开始翻老皇历了？"

"你还记得吗？那场我差点破了全国纪录的三十米射箭比赛。那是全国锦标赛的最后一场比赛。我前面的成绩都还不错，甚至夺冠也不是没有可能。我紧张得双腿发抖，根本瞄不准靶心。当最后只剩下六支箭的时候，随着心跳加速，我整个手臂都开始颤抖……当时，教练就像这样握着我的手——"

直美悄悄地双手合掌，仿佛捧着一个稀世珍宝。

"你什么都不用害怕——教练当时就是这么对我说的吧——我就在你的身后，我的眼里只会有你。所以，我希望你也能明白，你只需要展示给我看，赛出无愧于心的成绩。你完全不必去理会其他人。体育场虽然宽广，但是这里只有你和我……"

直美说完，深深地叹了口气，陷入了短暂的沉默。她微微闭上眼睛，坐在那里一动不动。

顷刻，她再次面对镜头说道："接下来，我发挥稳定，箭无虚发，终于迎头赶上，和第一名的选手并驾齐驱……只要最后一箭能够射出十环，就能打破三十米射箭比赛的全国纪录了。可惜的是，最后一箭我只射出了九环。教练，不知道你有没有发现，我在射最后一箭的时候非常稳定，身上没有丝毫颤抖。在此之前，我总是在心中不断地告诉自己：哎呀，只要能不抖就一定可以射得更完美。结果，到了最后，虽然不抖了，却只射了个九环。时至今日，我终于明白为什么那时候我不抖了。因为，就在那一刻我感受到了无比的幸福。我仿佛真的置身于一个只有我和教练的世界，根本不去在意什么比赛了。所以我的内心不再害怕，身体自然就不抖了。可是，教练啊，即便如此我终究还是没能取胜。仅仅一环之差，令我铩羽而归。"

一口气说完这些，直美舔了舔嘴唇，稍事休息。

"不过教练，说真的，那次我虽然没有获胜，却异常地满足。对我来说，那场比赛是我职业生涯中最棒的一场比赛。那一天，是我这一生中最绚烂的一天。比赛结束后，教练还走到我身边表扬我来着，说我做得很好。你还破天荒地跟我开起玩笑，说什么最后一箭稍偏靶心就是我的风格之类的……"

直美的话说到这里戛然而止。画面中可以看出，她沮丧地低垂着头，膝盖上的双手紧紧地捏成拳头，双肩在微微地颤抖。

她就这么垂头丧气地继续说道："哎，教练，那时候我们还是挺开心的对吧？我的成绩得到方方面面的肯定，部里的预算还因此大幅提高了呢，甚至连宣传部长都亲自到现场来观摩我们的训练了。接下来的目标是冲刺奥运——当时我们喊出这个口号可是很认真的。"

当直美再次抬起头时，她的双眼已经通红。她眨了眨眼，豆大的泪珠滚落脸颊。她脸上挂着泪水，缓缓地环顾四周。

"这里也变得好冷清。"直美说道，"曾经多么热闹，如今只剩下我一个人。我想不通，为什么会变成这样？"

她伸出左手，取过一个像闹钟一样的东西。那是一个定时器。一条连接定时器的电线通向制服底下。她把定时器的显示面盘朝向镜头介绍道："现在是三点半。一个小时后开关将会启动，电线就会通电。那么，电流会通向哪里呢——"

直美指了指自己的胸口："电线连接着我的前胸和后背，据说通上电以后，能让人毫无痛苦地死去。我一会儿就喝下安眠药，这样就能在睡着的时候安静地死去了。"

她伸出一只手端起身边的杯子，另一只手抓起一旁的药片。她把药片放入口中，就着杯子里的水服下。或许是药片通过咽喉引起的不适，她的脸上闪过一丝痛苦的表情。

随后，她"哈"地长舒了一口气，把杯子放回原位，重新靠在墙上。

"再见，教练……"直美仿佛自言自语般喃喃道。

"能和教练一起走到今天，我感到非常幸福。我没有任何的后悔和遗憾，只是觉得有点太累了……再见，教练，这些日子里，我真的很开心。"

说完，直美闭上了双眼。她就那么坐在椅子上，面对着镜头，任由时间流逝。终于，她静静地倒了下去，时间继续流逝。

最后，录像的画面关闭。

"这下明白了。"按下显示器开关的是辖区的刑警，年龄大概比我大五岁，嘴巴四周长满了胡须，不过打理得非常整齐，让人丝毫不觉得邋遢。他脸庞消瘦但是双目圆睁，看着应该是个温厚之人。

"很明显就是有准备的自杀啊。不过，这把自己的最后时刻录下来的做法……只能说时移世易，现在连写遗书的方式都不一样了。"刑警不无感慨地一边说，一边操作摄影机倒带。

"我还是无法相信。"我说道，"她怎么会自杀呢？"

"这也由不得你不信啊。实际情况刚才你也亲眼看过了。"

胡子刑警稍稍歪过脖子，看着摄影机。见我微微点头，他又把视线转向一边。墙壁前面放着刚才录像中直美坐着的那张长椅。那里已经没有直美的身影，只有搜查人员在来回忙碌。

三十分钟前，直美正静静地躺在那张长椅上。

"就是这台摄影机吧？"刑警从座位上起身，走到房间中央一台固定在三脚架上的摄影机旁。

"这种摄影机的操作方法应该很简单吧？"刑警问道。

"很简单。"我坐在摄影机前回答道。

"望月她也应该会熟练操作吧？"

"平时一般都是我帮她拍，不过她也用过。而且，这款机子真的非常简单，谁都能轻松学会。"

刑警"哦"了一声，眼睛贴着摄影机往里面看。不过，机子还没通电，他什么也看不见。

胡子刑警满脸不悦地把眼神从摄影机上移开，咳嗽了一声，又回到我旁边说道："有件事还想跟你再次确认一下。你是下午五点左右到这里的对吧？"

"是的。"

"门上锁了吗？"

"上锁了。"

"你是怎么开门的？"

"我带着钥匙。"

我从口袋里掏出钥匙扣，给刑警看那把钥匙。刑警目不转睛地看了一阵后问道："然后，你就发现望月躺在长椅上？"

因为这个问题刚才已经回答过了，所以我只是点了点头。刑警也默然地点头。

"你当时看到那个情景，马上就知道她自杀了吗？"

刑警所说的"那个情景"，大概是指直美身上连接着的电线，通过定时器和房间里的插座连在一起的情景吧。

我无力地摇了摇头。

"事发突然，我根本不知道发生了什么事情。我还以为她在午睡打盹什么的呢。"

刑警盯着我的脸，露出一副"想来也是"的表情。

"不过，我很快明白了定时器是怎么回事，慌忙把电线从插座上拔开。然后，我试图把她摇醒，可是……"

我没有再继续往下说。事到如今，说再多也是徒劳无益的。

"接着，你就报警了是吗？"胡子刑警扬起下巴示意了一下放在房间一角的电话机问道。

我给予了肯定的答复。

"你是什么时候注意到摄影机的？"

"一进房间我就注意到了。因为，摄影机平时不在这个位置。

报完警又联系了公司后,我调出摄影机里的录像一看,结果……"

"结果你就看到了望月临死之前的场景,是吗?"

"是……是……的……"

刑警来回摩挲着自己的胡须,似乎在思索些什么,不久后停下了手中的动作。

"电线和定时器原本就放在这个房间里吗?"

"定时器一直在这里。冬天的时候我们把它连在电暖炉上,供我们从训练场地回来后取暖用。最近这段时间已经不用了,因为太危险。"

"那电线呢?"

"不知道。"

"望月怎么会知道这种自杀方法呢?这方面你有什么线索吗?"

"这个嘛……"

这一点我也很纳闷。刑警的话没错,她是怎么知道这种方法的呢?

"不知道。"我如实回答。

"还有就是安眠药,望月为什么会有那些东西呢?"

"可能……我觉得她时不时都会吃一些这种药。"

"时不时?"刑警满脸讶异,皱着眉头问道,"这又是怎么回事?"

"每当重大比赛的前一天,她似乎都很容易太兴奋而难以入睡,这时候她就会服用安眠药。一般大型赛事都会有药检,所以我是禁止她服用的。不过……"

"原来如此。"刑警点头道。

他环顾了一圈室内，而后看着我的脸问道："那么，你觉得她为什么要自杀？"

2

从学生时代起，望月直美就是小有名气的射箭选手。虽然没有夺冠的经历，但她的射箭成绩异常稳定，一直位列前茅。

她刚进我们公司的时候，正是射箭部的黄金时期。那时我们部里不但有好几位知名选手，而且还经常会有选手入选国家队。[①]那时候我也是部里的一员。

就这样，一晃八年。

在此期间发生了很多事情。就像直美在录像中所说的，她的高光表现也帮助射箭部迎来了鼎盛时期。她的话没错，那是一段最美好的时光。可惜从那以后就开始走下坡路了，所谓盛极而衰吧。

包括我在内，好几位选手都从一线退了下来，可是有实力的新鲜血液又没有得到及时的补充。某大型企业频频出手，接连挖走了好几位实力选手，而我们公司本就规模不大，如此一来就

[①] 日本企业有支持体育发展的传统，因此一些公司也会在内部设立运动社团组织。——译者

更难招到新人了。结果可想而知，我们在公开赛中的成绩持续低迷，从公司得到的年度预算也被一减再减，这就是宿命般的现实。

三年前，射箭部包括直美在内，只剩下三个人。不久，就仅剩直美一人了。公司甚至数次考虑要解散射箭部，之所以迟迟未实施，也是因为觉得直美还有冲一冲奥运会的可能。一旦直美能够出征奥运会，就会给公司带来巨大的宣传效应。

前几天是奥运会的选拔赛。公司当然满腔期待，直美自己想必也准备背水一战吧。她已经把自己二十多岁的大好青春全部奉献给了这一事业。对她而言，已经没有"下一次"了。

可是，她在赛场上却失误频出。这种状况，就算知道原因也无可奈何。因为在精神状态很大程度上可以左右成绩的赛场上，这种情况时有发生。只不过对她来说，不幸发生在了最关键的一场比赛中而已。

结果可想而知，她没能抓住最后的机会。

"然后……"刑警接过话头说道，"然后望月就绝望地选择了自杀，是吗？"

"恐怕是这样的……因为那次选拔赛结束后，她的心情就跌入了谷底。"

"可是望月也才不过三十岁吧？就算到下次奥运会，她也才三十四岁。虽然我不太了解射箭比赛，但我觉得机会总还是有的。"刑警一副难以理解的表情。

"事情并非你想象中的那样。"我平静地说道，"为了这次选拔赛，她可是拼尽了全力。她正是因为把这当成了自己最后的机会，所以才会陷入持续的紧张状态。不是像你说的这次不行下次再来——没有这么简单。"

"即便如此，参加不了奥运会就去死……这样的逻辑，我还是很难理解。"

"是吧？不过那是因为你根本不知道她究竟为此付出了多大的牺牲啊。"

听我这么说，刑警还是有些难以置信。而后，他又摸着自己的下巴，仿佛顿悟似的点了点头。

"好吧，姑且这么理解吧。"

刑警的问话终于结束了。不过，接下来我还得向公司解释说明。也许，接下来才是更加麻烦的。

走出射箭部后，我还是忍不住站在门口，缓缓地环视房间里的每一个角落。现如今连直美都出了这样的事，射箭部的消亡已经是板上钉钉了。不管怎么说，她和射箭部也算是同生共死了。

直美生前最喜欢用的弓箭还挂在墙上。选拔赛结束后，她就再也没有拉开过那把弓箭。

一只蜘蛛在她的弓箭上爬行，它的身上长着黄黑交织的花纹，算上腿部长度有四五厘米的样子。我挥手驱赶，于是蜘蛛爬上墙壁，沿着天花板上的换气孔迅速逃走了。

3

直美的葬礼在三天后举行，不巧遇上了一个雨天，她家那两层木质结构的门前排了长长的雨伞队列。

直美的双亲健在，还有一个小她两岁的弟弟。这个弟弟婚后就搬出去住了，所以家里其实只剩下父母和直美三人共同生活。

正如我预料的那样，她父母看向我的目光中，有明显的责备和厌恶。

"要不是一根筋扑在那件事情上，也不至于……"她的母亲揉着埋藏在皱纹下的眼睑，擦去眼角的泪水。

"当成一项娱乐运动不就好了吗！"她的父亲虽然语气平淡，但我看到他的太阳穴正在皮肤下微微地抽动。

"体育运动是为人带来快乐的。就是因为有人怂恿她去冲击什么奥运会，她才……"此时她的父亲已经咬牙切齿。而我，什么也没说，只是默默地低下了头。

从葬礼回来后，妻子阳子在玄关前为我撒盐驱邪。

"刚才警察来电话了。"正在帮我挂礼服的阳子说道。

"警察？"

"是啊。我说你去参加葬礼了，所以他们说回头再打来。"

"嗯。"

换好衣服后，我像往常一样坐在沙发上。难道是直美的事情有了什么新发现？

"葬礼怎么样？"

阳子端来两杯茶，在我旁边坐下。一股焙茶的芬芳在房间里弥漫开来。

"就那样吧。"我答道，"葬礼嘛，总不是什么令人愉快的场合。"

"她的父母可难过死了吧？"

"那是自然。"

"他们是不是很恨你？"

我没有回答，默默地喝了口茶。阳子立刻明白了。

"那也没办法呀。"她安慰我道。

"是啊，没办法。"我喃喃道，"说实话，从某种程度上而言，是我害死了她。她好几次想放弃射箭，但都被我打消了念头。"

听到这话，阳子微微歪着头，双手捧着茶杯问道："如果不是你，结果会怎么样呢？"

我看着她的侧脸反问道："如果不是我？"

"我是说，教练啊。如果换一个教练，是不是不管对方怎么挽留，她都会放弃呢？她没有放弃是因为她爱你呀。这一点，你应该心知肚明吧？"

我叹了口气，闷头喝掉了茶杯里的残茶。

"她需要一个精神支柱。我一直以为，只要我成为她的支柱就可以。"

"至少她的确受到了鼓舞。"阳子若有所思地说道，"而且，我觉得对她来说，也不全是痛苦。至少可以和你朝夕相处。虽然我现在才说，其实有时候我还挺嫉妒的。我说真的。"

我默然点头。虽然阳子第一次提这些，但我并不意外。

我和阳子是五年前结的婚。那时候我刚好三十岁。她比我小六岁，和我同在劳务科工作。不过，我平时基本上不在劳务科上班，因为每天不是在训练场上指导选手射箭，就是带他们外出集训。

虽然极少有机会见面，我们俩还是踏入了爱河。并且，现在我也依旧爱着阳子。我希望和她，还有她腹中的孩子一起其乐融融地生活一辈子，这就是我最大的梦想。

4

接受刑警的询问，是在那天晚上的七点左右。除了之前的胡子刑警，同行的还有另一位看上去年近三十岁的年轻刑警。我担心让他们到家里来阳子会不舒服，所以约在了附近的一家咖啡馆。

"射箭部据说要解散了？"到了咖啡馆刚落座，胡子刑警就抛出了一个讨厌的话题。但是没办法，我也只能点点头。

"队员们都不在了，也没法继续办下去了。"

"也是。那么，你打算再回去工作吗？"

"嗯，昨天就回去了。"

以前都只是在公司里挂个名，所以无论是上司还是同事，看我时目光中似乎都带着一丝冷漠。看样子，换工作是迟早的事情，不过倒也不必跟刑警说这么多。

"可以理解。这段时间应该会很辛苦吧？"

刑警点燃了手中的香烟，狠狠吸了一口。年轻刑警目光不善，真是让人看不透。

"对了，关于那段录像。"刑警一边往烟灰缸里抖着烟灰，一边开口说道，"目前还有一个疑点。"

"具体是指什么？"

"哎呀，其实也不是什么大问题。"说着刑警吐出了一大口烟，"望月倒下后，没过多久录像就结束了，对吧？这是为什么呢？按理说，在录像带耗尽之前应该会一直往下录才对，不是吗？"

"哦，那可能是用了定时功能吧。只要事先设定好时间，就会自动终止录像。"

"看起来好像是这么回事。"刑警接得很爽快，反倒让我有些不知所措。

"那还有什么别的问题吗……"

"机器完全没问题。我们调查过那台摄影机，知道为什么录像会中途停止。我们的疑问在于，为什么要让它停止？望月为什么要设定中途停止录像呢？如果是想用录像代替遗书，说实话，也应该要拍到死亡的瞬间才更有意义不是吗？更何况，对一个即将赴死的人来说，会故意设置得那么麻烦吗？"

我摇着头答道："我也不知道她为什么要这么做。或许她只是单纯不想让人看到自己死亡的样子吧。"

"嗯……"刑警又开始摸着他的下巴，"也不能排除这种可能。"

"你究竟想要说什么？"我试探着问道，"望月的死，有什么疑点吗？"

刑警听我这么一说，忙摆了摆夹着烟的手。"只是确认一下而已。干我们这行的难免有这个职业病，只要有一点疑惑，就会一直查下去。对了，望月有男朋友吗？"

刑警突然转变了话题。我喝下一口咖啡，再次看着刑警的脸说道："这倒是没听说过。我想她生前应该也没时间谈恋爱吧。"

"原来弓箭才是她的恋人啊。"

这说法着实有些老套了。我沉默不语。

"我们问过射箭部的前队员。"刑警看着笔记本继续说道，"他们说望月似乎一直都在暗恋你。说实话，我们从那卷录像带中也能看出一点端倪。"

刑警抬眼观察着我的表情，仿佛在问我：这你怎么解释？

我不由得叹了口气。

"若说完全没有发现她的心意，那肯定是自欺欺人。但我平时真的只是把她当成自己的学员。更何况，我已经有妻子了。"

"也是，这让人挺痛苦的吧？和一个暗恋自己的女性朝夕相处，却又必须时刻提醒自己保持距离。"

"这也不算什么痛苦吧。"

我皱着眉头，脸上写满了不快。

没想到，胡子刑警看到我的反应后，似乎更感兴趣了。年轻刑警始终一言不发，只是紧紧地盯着我的脸。我不明白，这两人究竟想要干什么？

"能不能再占用你一些时间？"胡子刑警抬手看着表说道，"现在是七点半,再耽误你一个小时。"

"没关系。不过,你们还有什么要问的吗?"

"接下来的问题非常重要。"年轻刑警突然插话道。不知道是不是一直压抑着情绪的缘故,他的声音听起来就像是憋着一股劲。

"我们换个地方吧。"胡子刑警说完带头起身,"还是那个地方比较方便说话。"

"那个地方?"

"这还用问?"刑警说道,"当然是望月去世的那间休息室啊。"

5

休息室还保持着搜查结束时的模样。直美躺倒的那张长椅也还摆在原位。不过,摄影机似乎已经被警察带走了,房间中央只剩下那副三脚架。

"真是出人意料的想法啊。"胡子刑警坐在长椅上,跷起二郎腿说道,"我是说通过录像留下遗书的事。望月直美怎么会想到这个方法呢?"

"这……"

"你知道吗?"

"我不知道。我怎么会知道?"

"比如望月有没有跟你提到过?"

我回头看着刑警的胡子脸，以为他在开玩笑，但是他不像开玩笑的样子。

"她都死了，怎么可能告诉我？"

"所以，我说的是她临死前。"刑警换了一下跷二郎腿的脚说道，"事实上，我们找到了一个人，她听说了望月的录像遗书后，想到了一些事情。这个人叫田边纯子。你还记得她吗？"

"田边？啊……"

除了直美，她是最后一个离开射箭部的。那是个很努力的女孩，虽然也出过一些成绩，但始终无法突破极限，所以选择了离开。回想起来，她确实是直美为数不多的好朋友之一。

"碰巧去年的这个时候，田边和望月聊过一次，聊的话题就是关于自杀的。"

"关于自杀？"

"不错。因为当时望月突然喃喃自语地说'有时候真想去死'。于是，两人便聊了起来。田边当即劝她不要胡思乱想。没想到望月却说自己不是在开玩笑。田边又问她到底怎么了，望月的回答是'就是觉得太累了'。"

就是觉得太累了……

"而且，她还说如果自杀，会把死亡的瞬间拍下来，然后把录像带留给自己所爱的人。这样，那个人就永远都不会忘记自己了……"

这样，教练就永远都不会忘记我了……

"你怎么了？"坐在一旁的年轻刑警突然说道，"你的脸色好像不太好。"

"没什么。"我掏出手帕,擦去额头上冒出的汗珠。今天也没那么热呀,我怎么出这么多汗?

"类似这样的话,你有没有听望月本人提起过?"胡子刑警开口问道。

"不,没有。"

"是吗?"刑警从椅子上站起身来,双臂交叉抱在胸前,在房间里来回踱步。年轻刑警缄口不言。狭窄的休息室里,空气沉闷得令人窒息。

刑警终于停下了脚步。

"实际上,我们找到了望月的日记。"

"唉⋯⋯"我不知道该怎么回应才好,只能看着刑警的嘴角,静听下文。

"不对,说日记其实不够准确。应该说是随手写下,或者是涂鸦的一些东西⋯⋯就写在望月用来记录练习分数的一本笔记本的角落里。"

说着,刑警把手伸进上衣的内侧口袋里,掏出一张折叠的纸。

"这是从那本分数记录本上复印下来的。毫无疑问是望月的笔迹,不过⋯⋯"

我接过递来的纸张,强压住心中的忐忑缓缓打开。在写满了杂乱分数的成绩表旁边,那句话清晰可见——

"我选择去死,因为已经无路可走,却被教练发现并阻止了。他对我说,还有希望。可是,教练,我还有什么希望呢?"

汗水浸湿了我的掌心。抬头时,胡子刑警已经伸手把纸张拿了回去。

"刚才就问过你了，这到底是怎么回事，对吧？表格里记载的时间是去年的这个时候。望月去年就打算自杀了，是你阻止了她。"

刑警晃着纸张坐回椅子上，用手掌拍着我说道："说吧！"

我有点犹豫，不过好像没办法再糊弄下去了，只好咳了一声开口道："正如你所说，她去年的确自杀过一次，是我发现并阻止的。"

"很好。"刑警满意地点了点头，"她为什么要自杀呢？"

"因为没有进国家队。"我答道，"就在那之前的一段时间，她的状态非常低迷，比赛成绩也一塌糊涂。本就心情郁闷，又痛失了入选国家队的资格，她这才绝望得想要自杀吧。"

"那次用的是什么方法？"

"把绳子搭在这里。"我用手指着搭在顶棚附近的几段角材说道。过去队员人数多的时候，那里是用来悬挂弓箭的。

"不过最后一刻被我发现了。"

"哦……"刑警抬头看着顶棚，"去年是准备上吊自杀呀。嗯……好吧。那时候她给自己准备了摄影机吗？"

"……摄影机？"

"是啊。刚才就说过了，望月决定用摄像机把自杀的瞬间拍下来。所以我想，她去年自杀的时候也应该准备过吧？"

"啊……你说的是这个啊。"

"那么？"

刑警盯着我的眼睛。初次见他时，我觉得他是个温厚之人。此刻再看，我的感觉已是截然相反。他的目光冷若冰霜。

"没有。"我摇头道,"那次没有摄影机。至于为什么,我就不知道了。"

"嗯,好奇怪啊。"

"或许是自杀的时候太兴奋,所以忘记准备了?"

"不对,我说的'奇怪'不是这个意思。"

胡子刑警嘴角微微一撇,意味深长地露出一丝笑意,接着,又像刚才那样,把手伸进了上衣的口袋里。

我有一种不好的预感。

刑警掏出了另外一张纸。他默不作声地把纸递给我。我努力压制自己指尖的颤抖,接了过来。

"这是刚才那句话的后半部分。写在那本笔记本的下一页。"

的确和刚才看到的是同一种纸张,字迹也完全相同。

"还是把那盘录像带保存下来吧。那是我决意赴死的记录。"

她为什么要写下这些内容?以我对她的了解,她是不会去写这些东西的。

"很奇怪吧?"刑警看着呆若木鸡的我,"从这笔记的内容来看,望月可是用摄影机拍下了自杀的情景。可是你却说,并未在现场看到摄影机。"

笔记上……

"现场真的没有摄影机吗?"

"……"

"其实有,对吗?而且,望月已经把准备自杀的经过录下来了,对不对?而且,她根本不是准备上吊自杀,对不对?"

"……"

"哑口无言了？那就让我们再来看一遍那盘录像带吧。"

"什么那盘录像带？"我尖声问道。

"那还用说！当然是上次我们一起看过的那盘。"

胡子刑警说完打了个响指，年轻刑警立刻敏捷地走到显示器前，熟练地按下了开关。

录像开始播放。

还是直美面对镜头的画面。

"教练，我真的觉得，我……好累。"

伴随着直美淡然的语调，录像继续往后播放。对于刑警接下来会怎么做，我完全猜不到。

"就是这里。"胡子刑警按下了暂停键。画面定格在直美稍微挪动了一下身体的瞬间，当时她正准备讲解她要如何自杀。

"请仔细看看。望月制服的袖子底下，是不是有一个白色的东西？"

画面中的直美穿着一件白色短袖制服。

刑警指着直美左腕根部说道："再往前播放一点，就可以看得更明白了。不过，如果不集中精力注意看，还真是很难发现啊。"

刑警继续播放录像，没多久就再次按下暂停键。"好，就是这里。"此刻，录像刚好定格在直美微微扬起左手的画面。

"这下看得够清楚了吧？她的制服下缠着什么东西。"

那里的的确确有什么东西。我突然意识到那是什么东西了，腋下也开始渗出了冷汗。

"那是绷带啊。"刑警的话听起来有种洋洋自得的感觉，"不过奇怪的是，在发现尸体的时候，望月的腋下却没有包什么绷带。

这又是怎么回事呢？"

教——练——

"根据我们的调查，今年以来，望月的左腕根部从来没有包过绷带。而她包过绷带的时间，刚好是一年前的同一时期，好像是因为左肩发炎而不得不敷湿布。这一切，你不可能不知道吧？"

可是，教——练——

"也就是说，这段录像是去年拍摄的。"

再见，教——练——

6

黑压压的乌云遮蔽了天空，潮湿的空气黏糊糊地贴在身上，告诉人们梅雨即将来临。

那天，我出席了一场各公司领队和教练都参加的会议，所以没有带着直美训练。会议结束回来，大概是四点不到的样子。

射箭部的休息室位于体育馆二楼，篮球部的队员们正在一楼的场地上训练。

二楼的走廊一片寂静。虽然这里还有垒球部和排球部，但那个时间节点大家应该都在训练。

射箭部的休息室里点着灯，但门却从里面反锁了。我轻轻地敲了敲门。平时直美换衣服的时候，也会从里面把门反锁上。

见没有回应,我掏出随身携带的钥匙开门进去。

只见直美躺在长椅上。难道还在睡午觉?——刚开始我真这么认为,因为我还能听见她睡眠时的呼吸。可是,当我看见从她制服底下伸出来的电线,还有连接在上面的定时器时,我就反应过来她对自己做了什么了。

我慌忙从插座里拔出插头,然后拼命摇晃着直美的身体。

直美微微张开眼睛,迷迷糊糊地看了我一会儿,似乎她自己也忘了刚才究竟做了什么。

"教练……我……"

"为什么?"我摇着她的肩膀问道,"为什么要这么做?"

"啊……原来……"直美按着自己的太阳穴,眉头挤成一团,忍着剧烈的头痛说道,"原来我没死,是让教练给破坏了呢。"

"你知不知道自己在做什么啊。人要是死了,就什么都完了。"

"没错。"直美紧绷的嘴唇略微放松了些,"我就是想让一切都结束。我已经不想活了。"

"你不要说这种傻话。不就是没有进国家队吗?只要再加把劲,我们还是很有机会的。"

她听完笑着摇了摇头。"不光是这个。我只是觉得好累……教练,我马上就要三十岁了。可是,普通女孩该做的事,我还一件都没做,该知道的事情我也什么都不知道,就这样慢慢老去,就算变成老太婆,我也依旧一无所有。"

"会有的。"

"不要告诉我,还可以留下回忆什么的。"

"……"

"还有,我们的射箭部也走到头了吧?万一真的那样,我该怎么办呀?我可从来没有正儿八经在公司里工作过。再说了,仅凭我现在的能力,其他公司的射箭部也不会要我的。"

"所以我们才更需要从头再来,继续努力啊。"

"重新努力,继续梦碎……猛然回首,孑然一身……身边甚至连个恋人都没有。"

直美躺在我的臂弯里伤心地哭泣。看来,仅凭三言两语是很难安慰好她了。因为她所说的那些话,绝不是简单的胡思乱想。

再后来,我才发现摄影机还在录像。我问她这是干什么。

"我想让你看到我生命的最后时刻。"她面容虚弱地答道,"让你不要忘了我。"

那天晚上,我破天荒地带着她到街上喝酒,我可从未做过这种事。我能感觉到她对我的好感,就凭这一点,我一直在小心翼翼地避免两人的私下交往。

"我有事情要拜托你。"直美一边轻轻地碰了碰我放在吧台上的手指,一边醉醺醺地说道,"我想要感受一下,自己也有所依靠的那种感觉。"

那一刻,我看着她迷离温润的眼睛……

时光匆匆,又过了一年。那天晚上之后,我和直美之间就不再是单纯的教练和学员关系了。

我当然知道,这是一种很扭曲的关系。但自从我们有了男女关系之后,直美那甚至有些歇斯底里的情绪很快就稳定了下来。精神的稳定影响了身体的表现,她迅速恢复了往日的活力。在好几场比赛中连创佳绩后,她很快就如愿进入了国家队。

她从来没有向我提出过诸如结婚之类的具体要求，这也是我们之间的关系得以长久维持的原因。而我，则给自己找了一个自欺欺人的理由——这都是为了直美好。实际上，那不过是我对这场危险的暧昧游戏乐此不疲罢了。

对我们而言，或许最好的结局就是，直美顺利参加奥运会，然后退役，同时顺其自然地结束我们两人的关系。

但是我从来没有考虑过，万一等不到这个理想结局，那又该如何解决这段关系？

直美叫我出来见面，是在奥运会选拔赛结束的一周之后。她来到我的公寓附近，我们就近找了个公园见面。

"我不想再射箭了。"她直截了当地说道。其实对此我早有预感，所以也没有太过吃惊。

"是吗……这也是没办法的事，你已经尽力了。"

"是啊。也没什么好留恋的了。"

"那就喝一杯，画上一个圆满的句号吧。"

听到我的提议后，直美赞同地点了点头，脸上泛起一丝微笑。

"教练。"直美开口说道，"把我的事情告诉你妻子吧？"

"什么？"

"我想让你告诉她，我们俩的事情。"

"怎么突然说这个？"

"我可以放弃射箭，但我不能放弃你。如果你觉得难以启齿，那就让我直接去找她说。我去求她，让她离开你。"直美一脸认真地说道。

一直以来，她都是全身心扑在奥运会上。如今奥运梦碎，她就只能把希望放在结婚梦上。而且，缺乏与男性交往经验的她坚信，那个拥她入怀的男人，一定是深爱她超过其他所有人的男人。

我彻底慌了。我从没想过她会提出这种要求。我只好姑且安抚她说"今天先回家吧，给我点时间想想"。

"好啊，今天我就先回去。不过教练，你可不要背叛我哟。如果你敢背叛我，我就把咱们的事情公之于众。"

直美的眼眸中闪烁着异样的光彩，而我则感到后背发凉。

"知道了。我不会背叛你的。"我努力掩饰着自己的恐惧敷衍道。

如果手上没有她去年准备自杀时的录像带，或许我也不会想到如此胆大妄为的计划。有了那盘录像带在手，我坚信自己一定能神不知鬼不觉地杀死她。

杀死直美是我唯一的选择。

直美每天都会打电话问我到底跟妻子说了没有。见我尽是拿话敷衍，她终于下了最后通牒，说要直接去找我妻子。

我惶惶不可终日，生怕她跟任何人透露这件事情。万一被公司知道，那就一切都完了。

我只能杀死她，就算是为了阳子和孩子，我也只能杀她——当我逐渐克服杀人的恐惧后，我反复这么安慰着自己，同时也开始着手准备。

那盘录像带被我塞在了休息室书架的最内侧。我取出反复观看，确定不会有人发现那是去年拍摄的录像。唯一的问题在于，录像的后半段拍下了我救她的情景。所以，我把那段内容剪了。或许画面的突然终止会引起警察的怀疑，但也没有更好的办法了。

我把房间复原到与录像中的模样完全一致。最后需要复原的，就是直美本人了。不过对此我早有计划。

"咱们射箭部实际上已经名存实亡了，不如我们最后拍几张纪念照吧？你就穿上射箭部的制服，摆好征战的弓箭。"

听到我的这个建议后，她没有多想就一口答应了，还说要打扮得漂亮一点。

"化妆就不必了，我还是喜欢你每次出征比赛时候的样子。头发也要再剪短一点……没错，就按照这里面的样子打扮，拍出来的照片一定很有感觉。"

说着，我拿出她去年试图自杀那会儿拍下的照片。她接过照片想了想，最终还是说："好吧，那就按照这个样子拍吧。"

当天下午四点左右，我们在射箭部的休息室里碰面。和往常一样，其他休息室里空无一人，这让我松了口气。

她按照我的要求剪了头发，耳朵上带的珊瑚坠子也和去年的一模一样。

和她稍微聊了几句后，我拿出一瓶饮料，当着她的面拧开盖子递了过去。那是我事先下了安眠药后又重新盖好的。

药物很快开始发挥作用了，她说起话来变得断断续续。在她体力不支就要倒下的一瞬间，我伸手接住了她。那时候，她只能勉强睁开眼睛了。

"我好困……啊。"

"没事，睡吧。"

"教练……"

再见教练

"怎么啦?"

"再见,教练……"

终于,直美完全睡着了。我小心翼翼地把她放倒在长椅上。

剩下的事情,只要复刻去年直美自己的做法就可以了。为了不留下指纹,我戴上手套,在她的前胸和后背缠上电线,通过计时器连接电源。接着我闭上眼睛心一横,直接拨动计时器的指针往她的身体里通电。

有那么一瞬间,她的身体猛然震颤了一下,之后便没有了任何反应。我战战兢兢地睁开眼睛查看情况。她仍然保持着刚才的姿势,看上去仿佛还在酣睡。我伸出手掌在她嘴唇边探了探,果然已经停止了呼吸。

我突然觉得一阵毛骨悚然,内心袭过一阵新的恐惧。但现在不是害怕的时候,木已成舟,回不了头了。

我摆好摄影机,取出藏在顶棚深处的录像带。慎重起见,我重新播放了一遍,确认录像带没问题,可以正常播放。

我对室内的角角落落又精心检查了一遍,避免出现和直美自杀情况互相矛盾的地方。时间点没问题,录像没问题,指纹乃至直美的姿势,也全都没问题。

很好。

我深吸一口气,伸手抓起休息室角落的电话。报警电话是110。我该怎么说比较好呢?是不是慌张结巴比较好?不对,反而应该用平淡的语气——正当我踌躇不决的时候,电话接通了,我就这么不知所以地报了案。

一切进展还算顺利吧?

应该没有什么破绽。虽然声音多少有些高亢，但这样或许反而显得更加自然。接下来，只要再给公司打个电话就可以了。

突然，我的内心闪过一丝不安，那就是直美最后说的那句话。

"再见，教练。"

她为什么那么说？

一种无可名状的不祥感开始笼罩心头，与此同时我拨通了公司的电话。

7

白晃晃的荧光灯下，一时间谁也没有开口说话。我那漫长的故事讲完了，不过刑警们仍然保持我开始讲述时的姿势。

只有录像画面重新开始启动播放。这种机子只要暂停超过五分钟，就会自动重新启动。

"我真不知道该说什么好。"终于，胡子刑警开口说道，"事情肯定还有其他解决方案的。你这么做，真是个疯子。"

"是啊，或许吧。"

我把视线转向录像中的画面。直美还在不停地说话。

"但是，这是我维护现有生活的唯一方法。"

"即便如此，杀人也绝对不是上策啊？就算你机关算尽，结果不也是落得个身败名裂的下场吗？"

"是啊……"我苦笑着回答。

我已经心力尽失,无法去想自己接下来会怎么样。

"不过……我曾以为这是一个完美的计划。"

"这世上根本不存在完美的计划。这一点,想必你已经深有体会了。"

"……是啊。"

此刻,画面中的直美刚好讲解完自杀方法,静静地闭上了自己的眼睛。一直到这里,都看不见露出破绽的绷带。

那么,到底是哪里疏忽了?

这个计划中最关键的一环,就是不能让人看出录像是去年录制的。但是,我已经确认过无数遍,我敢肯定自己没有放过画面中的任何一个细节。左手的绷带的确很难被发现,但是我如此谨慎,怎么会漏掉这么重要的信息呢?

到底是为什么?

这时,两位刑警站起身来。年轻刑警伸手拍了拍我的肩膀。

"走吧。"

我点了点头。事到如今,再多想也无益了。我犯下了致命的错误,这是无法改变的事实。

"这录像也可以关了吧。"

胡子刑警伸手准备关闭显示器,画面上仍然是直美的身姿。然而,就在刑警即将按下开关的那一刻,有个东西出现了。

"等一下!"

阻止刑警关机后,我凑近画面细看。就在直美横躺着的那条长椅下,有什么东西正在移动。是蜘蛛!

就是身上长着黄黑交织花纹的那只蜘蛛！就是直美死后，我曾在她的弓箭上见过的那只蜘蛛！

那只蜘蛛为什么会出现在这里？为什么前几天出现的蜘蛛，会出现在去年拍摄的录像中？

突然，一阵尖锐的耳鸣向我袭来。伴随着剧烈的头痛，我开始心跳加速，呼吸困难。

这不可能……

可是，只有这一种可能。这样一来，所有事情都说得通了。这盘录像带……是直美重新录制的。

直美早就猜到了我的计划。当然，她一定是根据各种迹象猜出了我的目的。在我要求她剪短头发后，她便坚信了自己的判断吧。

然而，直美并没有阻止我的计划。知道我对她的爱只不过是逢场作戏后，她毅然决然地选择了再次自杀。只不过，是借我的手来自杀。

对于我，她终究还是无法原谅。所以她故意设置了一个巨大的陷阱，只等着我一脚踩进去。

就在我实施犯罪的前一天晚上，她一定独自来过这个房间。她在架子内侧找到了那盘录像带，并仔细观看了自己去年自杀前的样子，确认了自己当时说过什么，做了哪些动作。因为那都是她曾经亲历过的事情，所以重新回忆起来并不费力。

然后，她设置好摄影机，把去年所做的事情依葫芦画瓢地重复了一遍。或许她还反复倒带看录像带，不断修改重来，这才终于成功录制出了和去年一模一样的录像。唯一的不同点是，她有意露出了绷带。

刚才刑警向我出示的写在笔记本角落里的那些话,或许也是她故意留下的线索,只为帮助警察拆穿我的把戏。

"你到底还有什么事?"胡子刑警盯着我的脸问道。

我缓缓地摇摇头说道:"不,没什么。"

"那就走吧。"

刑警从背后押着我向门口走去。就在即将走出休息室的那一刻,我再次回头,看了一眼直美躺过的那张长椅。

我终于明白了。为什么她会在临终前说那句话——

"再见,教练……"

只要读过推理小说的人就会明白,处理尸体是非常困难的事情。大致有以下四种方法:掩埋,沉河,焚烧,化制。当然也有一些匪夷所思的办法,比如冰冻后削成刨冰状扔掉,或是凶手自己吃掉之类的,但我认为这些并不具备实际操作的可能。

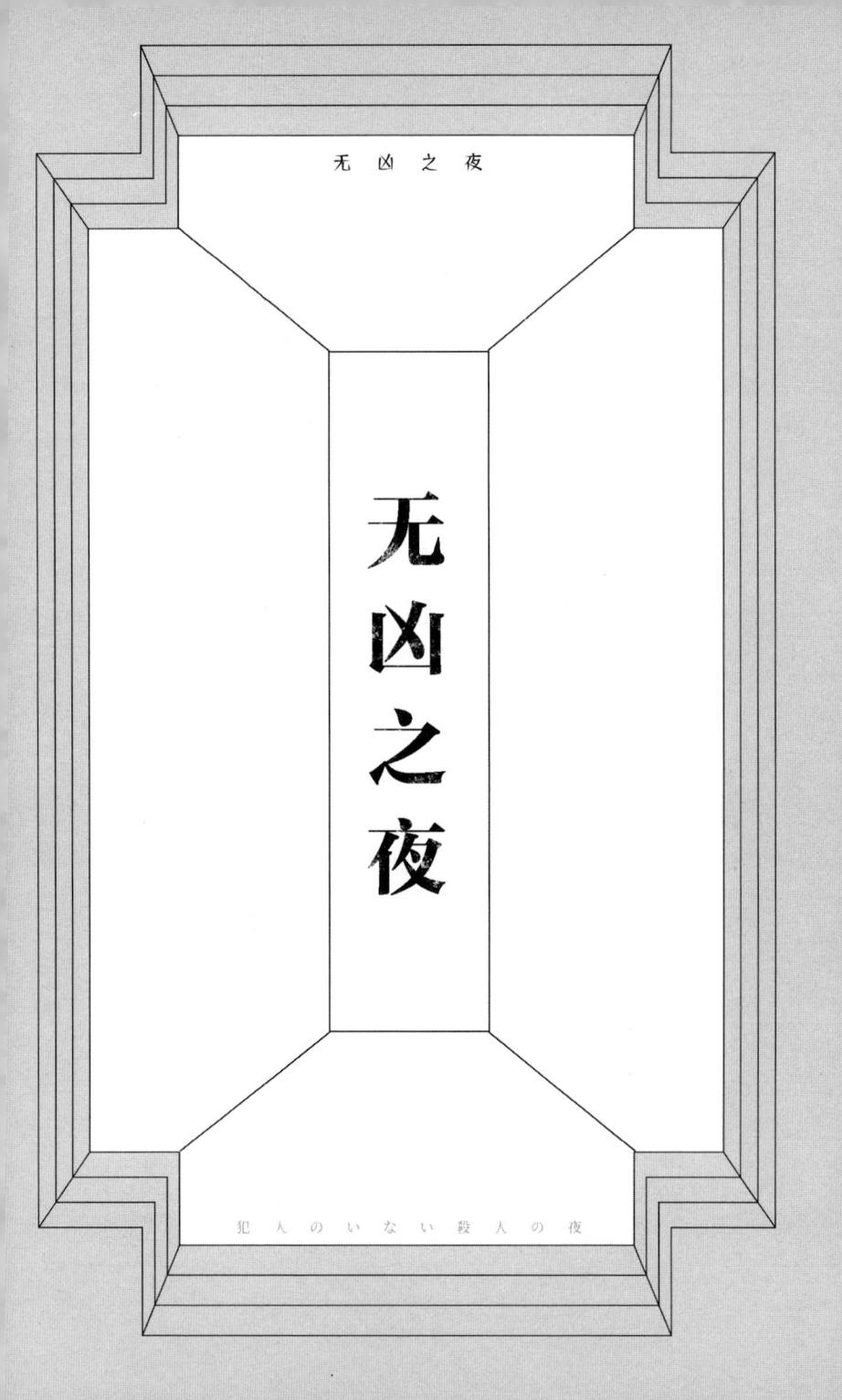

无凶之夜

无凶之夜

犯人のいない殺人の夜

<夜晚>

拓也抓起手臂，将指尖搭在手腕上，随即摇了摇头。

"不行了。"

听到这句话的瞬间，我感到胸口一阵刺痛。

"死了吗？"创介问道。

他是一位绅士，一头整齐的银发更衬得他体态优雅，可饶是向来沉稳的他，此刻也不由得有些声音发颤。

"是的。"拓也回答道，"已经没有脉搏了。"

他的呼吸变得有些紊乱。这也难怪，因为此刻的我也在拼命忍住想要尖叫的冲动。

"去医院吧……马上抢救，说不定还有希望。"

"不行的。"拓也的声音中满是绝望，"已经晚了。而且……我觉得送医院只会导致更大的麻烦。我们要怎么和医生解释胸口上的这把刀？"

"……是啊。"

创介沉默了，显然他也没有想好该怎么回答这个问题。

"老公，现在到底该怎么办……"

时枝夫人连忙问创介，但并没有得到丈夫的回答。不仅是丈夫创介，在场的其他四人——这对夫妇的儿子正树和隆夫、隆夫的家庭教师拓也，还有我——也都没有回答她的问题。

所有人都沉默着。时间就这么一分一秒地流逝，漫长得让我喘不过气，但也许实际上并没有太久。

最终，拓也拿出一块手帕展开，大概是要盖在死者的脸上。他应该是众人当中最冷静的一个了。

"至少有一点可以肯定。"

他顿了一下，轻咳了一声。

"这是……谋杀。"

这句话，让房间里的气氛变得更加紧张。

＜现在＞

到达岸田家时，时枝夫人面无血色地跑了出来。平日里如猫一样慵懒的脸，此刻也已完全扭曲。

"怎么了？"我一边慢慢脱鞋一边问道。

她抓起我的手，说了一句"跟我来"后，就把我拽进了客厅。我着实没想到，这位太太的力气居然这么大。

客厅里还有其他人，正是隆夫与他的另一位家庭教师雅美。雅美教英语，而我则负责教数学和物理。

我一进来，雅美就有些紧张地看向我。隆夫则白着一张脸，弯着纤细的脖子俯视地面。他本来就是个性格懦弱之人，自那天晚上后，更是被吓得终日惶惶不安，可今天的表现却十分奇怪。我不由得暗暗心惊，看样子这里应该有什么大事发生。想到这里，我的脸和心都跟着绷紧了。

"出大事了。"

我一坐下，夫人就迫不及待地开了口。但她只看着我一人，这么说雅美和隆夫应该已经知道所谓的"大事"了。

"发生了什么事？"我问道。

她从旁边的餐具柜里抓出一张纸递给我。这是一张名片。

上面写着"安藤和夫，新潟县，柏崎市"，但没有写工作地点或职业。不过这些信息已经足以让我猜出此人的身份了。我的心也跳得更快了。

"那个人刚刚来过。"夫人略微提高了音量，"他问我是否认识他妹妹。"

"妹妹，也就是说……"

"是的。"她点点头，"应该就是她的哥哥。"

我低声"嗯"了一下。那个女人——安藤由纪子还有个哥哥？

"那您问过他为什么会找来这里吗？"

夫人微微点头后说道："问过。他说他在妹妹的房间里找到了一本通讯录，上面写着我家的地址和电话号码。"

那个女人真是麻烦！我在心里暗骂。

看样子还是出现了一些麻烦啊。

"当时，只有您与安藤见面了吗？"

"是的。隆夫正在跟着雅美上课，我先生和正树也都还没到家。"

"那么,他问您是否认识他妹妹后,您是怎么回答的?"

"我说……我不认识。"

"这样啊!"

我稍稍松了口气。用"不知道"来敷衍过去,比胡乱搪塞好得多。

"那他听到您的回答后,还有说些什么吗?"

"他问我:'那其他人呢?也许您先生和儿子认识……'"

嗯,情理之中的问题。

"然后呢?"

"我说我也不确定,然后他就说今晚再给我打电话,到时候再麻烦我帮忙问问其他人。我也不敢当即拒绝,只好先应允下来了。"

"您做得很好。"我称赞道,"那么听您这么说后,安藤就离开了,是吗?"

"是的。"夫人点点头。

我靠在真皮沙发上,深吸了一口气。事情还不算太糟糕,应该还有机会挽救,但我们也要尽快思考对策了。

"您把这件事告诉您先生了吗?"

"我刚刚给公司打过电话。他说会早点回来。"

我的内心突然升起一丝恐惧。

"请马上再给您先生打个电话。告诉他,如果接到安藤的电话,一定不要直接回答他的问题。安藤要是一个个问过去,一旦发现大家的回答有所不同,就很难不会生出疑心。您能联系上正树君吗?"

"我可以给他兼职的地方打电话,也这么交代他。"

"拜托了。"我对着快步离开客厅的夫人说道。

客厅的门关上后,我看向旁边的雅美。

"你也知道了吧?但我们已经没有退路了。"

雅美耸了耸肩,用双手将长发拢到脑后。白色毛衣将她的胸部衬得更为丰满。

"我从一开始就做好了心理准备,也知道不可能有退路。"

"那就好。"

说完,我把目光转向了旁边的隆夫。雅美不愧是我的女朋友,遇到大事也能波澜不惊。事实上,我们最担心的,反而是眼前的这个男孩。

"隆夫君。"我喊了他的名字,"你也可以吧?这一次,我们要共同努力,一起面对。"

眼眶和耳垂都涨得通红的隆夫,像机械人偶似的笨拙地点了点头。看了就让人恼火。我真想好好说他两句,但还是忍住了。

"安藤应该会按照她的通讯录挨家挨户打听吧?"雅美不安地问道。

"我觉得是。他应该不会只盯着这里,所以暂时不用担心。"

"不知道安藤是个怎样的人呢?"

"唔……他要是个比较随意的人倒还好办;要是个较真的人,可就麻烦了啊。"

我们正说着,时枝太太也走了进来,她看起来比先前要镇定了许多。

"我问了我丈夫和正树。他们都说没有见过安藤。"

我点点头,看样子他并非只盯着这户人家。

"我也跟他们说过了,要是遇到安藤,千万不要乱说话。另外,他们今天也会早些回来的。"

"那就好。那我们先讨论一下,如果今晚安藤打电话来,您该怎么回答。"

"就不能说家里没人认识安藤由纪子吗?"

雅美的话与其说是疑问,其实更像是一种确认。

"不行的。"我回答道,"如果这么说,我们该怎么解释这里的地址为什么会出现在她的通讯录中呢?问题的关键在于,她在通讯录中到底是怎么写的?"

说后半句的时候,我看向了夫人。她看着半空思索了片刻。

"安藤说过,通讯录中的姓名栏只写着'岸田'两个字。"

"既然只写了姓,就表示她可以认识岸田家的任何一个人,对吧?"雅美高声说道。

雅美这个人胆子虽然挺大,但想法有时还是太天真了一些。

"虽然可以这么说,但还是尽量不要说成与她很有交情。要是被对方缠着问个不停,也会很麻烦。最好是泛泛之交,只是会在通讯录中留下联系信息的关系。"

"那该怎么做呢?"

夫人恳切地望着我。我看着她的眼睛。

"我记得安藤由纪子说过,她想成为一名自由撰稿人,对吧?"

夫人听完连忙点头。

"那么,不如就说她是来采访您先生的,如何?"

听了我的建议后,夫人若有所思地低喃道:"采访我丈夫……"

时枝夫人的丈夫岸田创介是一位建筑师，在日本享有极高的声誉。如今，日本的土地日益稀缺，地价飙升，越来越多的人开始担忧起未来的居住环境。所以，许多人都会在动工前咨询专业建筑师的意见。鉴于这一点，我建议对外声称安藤由纪子最近正在研究建筑方面的事情。

"可是，要是撒了这样的谎，以后说不定会有麻烦吧？"

大概是不好意思否定我的建议，她拒绝得很委婉。毕竟到目前为止，一切都是按我的指挥进行的。

"谎言就是越大越好。"为了安慰她，我有意提高了一点音量，"最忌讳的，就是在真相中掺杂一点谎言。一旦那点谎言被人识破，那可就满盘皆输了。反而是彻头彻尾的谎言，更令人难以验证其真假。"

听到我的话，时枝夫人低头想了想，但这一次她很快就抬起了头。

"如果确定要这么做，那么所有的细节都必须保证口径一致。例如安藤由纪子是何时来的，她都说过些什么。"

"是该好好对一下说辞。"我说，"但也不可过于详细，否则同样会惹人怀疑。如果安藤问起来，只要简单回答就可以了。如果被问及细节，也不要立刻给出答案，先看看对方的说法。"

"那今天的电话该怎么办？"

"就回答说，安藤由纪子似乎曾预约过对您先生的采访。如果他再往下问，就说您先生还没回来，您也不清楚具体细节。最重要的是，千万不能让他怀疑您在说谎。所以不要含糊其词，一定要清晰明确地说出那番话。"

"我明白了。"

她语气坚定,就连眼角的皱纹似乎都在表达着她的决心。

就在此时,门铃响了,应该是正树或是创介先生回来了。夫人连忙起身准备出去。

"我也……"

纤瘦的隆夫也跟着夫人走了出去,估计去上厕所了。刚刚那几分钟,他已经紧张得有些坐立不安了。我对着雅美十分不耐地撇了撇嘴。

雅美把手放在我的膝盖上,我能感受到她掌心的温暖。

"你怎么这么冷静?"她说,"不害怕吗?"

"我也怕。"我回答道,"但害怕和不知所措是两码事。我向来很冷静。"

就在这时,门口传来了人声。

〈夜晚〉

"这是……谋杀。"拓也说着,将手帕盖了上去。

所有人都沉默着。

拓也依旧很冷静。虽然我也没有出声,但还是佩服于他的临危不乱。谁也不想再看到死去的女人的脸。

"好了。"拓也说道,"接下来怎么做?一般来说,现在是要报警了……"

"不行。"创介立刻反对，就连说话声也提高了几分，"要是成了杀人犯，可就一辈子都完了啊。而且，就连家里的其他人都会日日遭受世人的白眼……我一定要想方设法瞒住此事。"

"可是，"他的长子正树突然开口，"可是我们也没有别的办法了吧？毕竟这里死了一个人啊。"

或许是因为紧张，他本就尖锐的声音此刻听起来更刺耳了。正树是创介前一位因病去世的夫人所生，但对岸田家而言，他实在算不上是天资聪慧的后代，最后还是靠着父亲的关系上了一所私立大学。尽管脑子有些愚钝，但他在打扮方面可丝毫不含糊，每天穿得都跟男装杂志上的男模似的。我最讨厌这种人了。

"别这么大声，小心隔墙有耳！"创介说着便迅速拉上了窗帘，"这件事绝对不能泄露出去，当然也不能报警。"

他的语气十分坚定。

"那我们要怎么办？"拓也问道。

"所以，要拜托各位。"创介说着向我们走了过来，"请一定要当作从未见过此事。放心，我不会给你们添麻烦的。"

我静静地等待着拓也的反应。他沉默了一会儿，似乎在思考什么。

"这种事做不到不留痕迹的。"

"我当然知道，我已经做好心理准备了。"

创介似乎有些生气，哪怕是绅士，也会出现歇斯底里的时候啊。

我想起从前在一部小说里看过的类似情景，当事人好像是先对尸体做了处理。

"那么，我们就要先对尸体做些处理了。"

能说出这句话，就表示拓也愿意配合遮掩此事。创介愣了一下，这才反应过来，然后低声说了一句"谢谢"。看样子，创介终于松了一口气。

说起来，我看过的那部小说，写的也是一位女家庭教师协助学生一家隐瞒犯罪的故事。

"处理尸体哪有那么容易……"正树用他那尖锐如金属的声音说道。

这个世上，总有一些喜欢否定别人的人，偏偏他自己又根本想不出什么办法。

"再难也得做！你给我闭嘴。"创介严厉斥责道，看样子他很了解自己的儿子。

"我们必须想办法处理尸体。"拓也重复道，"不过，得等到半夜。否则运出去的时候万一被人看到，可就全完了。对了，家里有没有大箱子之类的可以装下尸体的东西？"

"箱子……"创介沉吟道。

"储藏室里不是有个大纸箱吗？"正树突然开口道，"就是买小冰箱时的那个纸箱，好像外面还有一层加固用的木框。"

"走，去拿来。"

创介说着就带正树离开了房间。门刚关上，屋内就有人紧张地叹了一声，是次子隆夫——那个骨瘦如柴的高中生。

"这样不行啊。我们……不能这样。还是报警比较好。"

"你在说什么？你父亲不是也说了，要是报警，全家人都会受到牵连的。"

"可是这样不行啊……我们还是停手吧。"

真是个任性的孩子。给他辅导英语时，我时不时就会生出想要给他一巴掌的冲动。听到他撒娇地叫我"雅美老师"时，我更是忍不住想翻几个白眼。

"隆夫君就先回房间休息吧？"

"是啊。我先带他回房间吧？"

我真的好想说一句"他不会自己回房间吗"，但我知道，夫人应该是在找借口逃离这个地方。

"请吧。"拓也说完，夫人就搂着隆夫的肩膀离开了。

"客观来说。"拓也看着我的脸说道，"我们应该是世上最倒霉的家庭教师吧，居然莫名其妙被卷入这种事。"

我试图挤出笑容，结果却跟抽了一下筋似的。我真的笑不出来。

"不知道藏匿尸体算什么罪？"

"遗弃尸体之类的……吧？"

"遗弃尸体啊……"

拓也点了支烟，猛地吸了一口。我能感觉到他的指尖在微微颤抖。显然，其实他也很紧张。

"你打算怎么把那个纸箱运出去？"

真丢人，我的声音居然有些尖锐。

"他们家的第二辆车，好像是一辆单厢车。应该够装。"

我"哦"了一声，突然觉得口干舌燥。

不多久，夫人回来了。又过了一会儿，创介和正树也扛着纸箱回来了。

"看起来尺寸正合适。"创介说道。

"那就好。"拓也回答道,"接下来把尸体放进去吧。正树,能一起帮忙吗?"

"我?好吧……"

正树很不情愿地伸出手。

"怎么这么冰凉?"顺利将尸体放进箱子后,正树一脸嫌弃地说道。

"人死了。"拓也答道,"体温也会慢慢下降。"

"我怎么觉得……她的脸好像变平了。"

"因为肌肉也开始松弛了。"

"不是说人死后都会变僵硬吗?"

正树懂得倒还挺多,估计平时也会看一些推理小说吧。

"尸僵最快也要在一两个小时后才会出现,所以还要再等一会儿。"

"对啊,你是医学院毕业的。"

创介似乎越发欣赏拓也了,大概也是因为自己的儿子实在太没用了。

"后来退学了……不说这些了,先想想接下来要怎么做吧。首先是尸体的处理,现在是深夜十一点,我们还得再等三个小时左右。在这期间,还有很多事情要做。"

"嗯,比如屋里要打扫一下……"

时枝夫人的建议倒是很符合她作为女主人的身份。确实,屋里现在异常凌乱,地板上沾满了暗红色的血迹。仔细闻,还会发现屋里弥漫着一股血腥味。

"打扫固然重要,但还有更重要的事情要做。"拓也的声音十分平静,"有人知道她今天来过这里吗?"

"我也不知道。"创介回答道,"也许她对别人说过,这我们就不知道了。"

"也许有人知道她打算来这里,但应该不会有人知道她是不是真的来过。只要没人知道她确实来过,我们就可以一口咬定她今天没有来过。也就是说,她是在来这里的路上失踪的。"

"原来如此。"我低声佩服道。

拓也一向很擅长撒谎,就连我也被他骗过好几次。

"据我所知,应该没有人知道她来过我们家。"时枝夫人十分谨慎地说道,"因为,今晚并没有来过其他客人。"

"您确定吗?"拓也确认道。

"嗯。"夫人轻声回答。

"那就当她今天没来过。都记住了吗?她今天没有在这个家里出现过。"

拓也已经完全掌握这件事的主动权了。

＜现在＞

前门传来了声音。我以为是正树或是创介回来了,但很快就觉得有些不对劲。我站起来,把耳朵贴在客厅的门上偷听外面的动静。

"……是的,好像是想采访我先生。"

夫人的声音传来,我的心突然沉了一下。看样子,来者是安藤由纪子的哥哥。可他不是说会打电话来吗?

"采访啊?那由纪子来过府上吧?"

"不清楚……我先生最近接待的客人比较多,所以我也不太记得那是什么时候的事了"

"也不会很久。大概一个星期前吧。"

"这样的话,我就得问问我先生了。"

她的这个回答实在有些冒险。要是创介正好此时回来可就糟糕了,因为我们都还没有商量好具体细节。

"您先生在家吗?如果在家,请务必让我见一面。"

安藤语速不快,但大有不达目的不罢休的意思。这种人,是最麻烦的。我轻轻咂舌。雅美看到我这样,也一脸担忧地走了过来。

"还没回来呢……他说今天要比较晚回来。"

"是吗?可真是不巧。那家里有其他人在吗?"

"我儿子去工作了,也还没回来。"

"哦,这么晚了还没回来啊。"

安藤话音未落,我就听到了一阵开门的声音。完蛋……我不由得撇了撇嘴。是隆夫从厕所里出来了。他根本不具备随机应变的能力。

"哎呀,您儿子在家呢?"

一个兴奋的声音传来。我几乎可以想象到时枝夫人此刻的表情。隆夫那个白痴，估计都快哭出来了吧。

"这是我的二儿子，出去工作的是我的大儿子。之前我就问过这孩子，他说并不认识安藤由纪子。"

"是吗……那可以请他看一下照片吗？就是这个女孩……"

安藤话还没说完，外面就传来了有人跑上楼梯的声音。"隆夫。"夫人在后面喊了一声。那个白痴居然跑了。

"不好意思啊，他有点怕生。"

他都上高中了。开什么玩笑？

"没关系的，是我长得比较凶，让他害怕了吧。"

夫人沉默不语，估计她此时也只能苦笑了吧。

我则躲在屋里忐忑不安。万一创介这会儿回来，可不就正好撞在枪口上了吗？

"那我就改日再来。"

安藤似乎终于起身了。

"真是不好意思啊。"

"打扰您了。"

关门，落锁，走廊里的脚步声越来越清晰。夫人打开了客厅的门，看到站在门口的我和雅美时，吓得微微叫了一声。

"安藤回去了吧？"

夫人重重地叹了口气后，瘫倒在沙发上。

安藤离开五分钟后，正树回来了，又过了十分钟，创介按响了门铃。差点就功亏一篑了。

除了隆夫之外，所有人都坐在客厅里思考应对之策，也都认为此事不容乐观。或者应该说，是我们之前预估得太过乐观了一些。

事发三天后，我向岸田夫妇报告了我的调查结果。从安藤由纪子的人际关系网络来看，她与岸田家并无直接交集。基于这一报告结果，我们决定——所有人都要假装根本不认识安藤由纪子。

但现在看来，我们必须改变做法了。

"也就是说，你没调查清楚吧？"

正树这话，听得我真想给他一拳，但我也只能默默地点了点头。

"这怎么能怪他？他总不能到人家房间里搜吧，忽略了通讯录也情有可原啊。"创介松了松领带说道，"但更重要的事情在于，除了通讯录外，她还有没有什么其他与我们家有瓜葛的东西。如果还有，我们可就危险了。"

"这一点我觉得大可不必担心。"

对此，我很有信心。"她的交际圈与您家不存在任何联系，如果她还有别的与您家有关的东西，今天安藤理应当会拿出来才对。"

"那就好。"

创介点燃一支香烟，用力吸了一口，接着朝天花板喷出乳白色的烟雾。雅美轻轻咳嗽了一声。

"我觉得'她想采访我'这种说辞很不错。"创介说道，"最近，的确有许多人提出想采访我。那么，该说我和她见过，还是没见过呢？"

"尽量不要说得太明确，先看看对方的反应再说。总之，要尽快探明对方手里的证据，这样我们才能见招拆招。"

"好，我试试看。正树，如果安藤跑去找你，你就说自己什么都不知道。明白吗？"

"我知道。"正树没好气地应道。

创介在我和雅美的脸上来回看了一眼后又坐回了沙发上。

"再次恳请二位不要出卖我们。没有你们的帮助，我们可就完了。而且，虽然这么说有些难听，但其实你们已经是我们的共犯了。"

"我知道。"我回答道，雅美也在我旁边点了点头。

次日晚上，我到达岸田家门口后，突然有人从后面拍了拍我的肩膀。转身一看，是个脸色灰暗的男人，个头不高，身材瘦削，看起来应该是三十岁出头的年纪，脸颊凹陷，眼睛十分有神，让我不由得联想到了猴子的头骨。一看到这个长相阴暗的男人，我就本能地觉得他应该是安藤和夫。

"你是这家公子的老师吧？"

或许他已经努力微笑了，但在我看来顶多只是歪了歪嘴角。

"是的……你是谁？"

"我叫安藤。听说你每天晚上都会来这里，对吧？"

"嗯……"

安藤呵呵一笑。

"附近的邻居告诉我，岸田先生家的家庭教师每晚都会来，而且还不止一个人。"

这让我生出了一种不好的预感。这个男人已经开始调查出入岸田家的人了。他为何要紧盯着这一家人？

"除我之外，还有一个女老师。"

我说完，安藤又露出了一个令人作呕的笑容。

"对，我听说了。不过找你也一样。我有件事想问问你。"

"我没有时间。"

"没事，我不会耽误你太久的。"

安藤说着，将手伸进了西装的口袋。那套西装皱巴巴的，看起来应该很廉价。裤子和上衣的面料也不一样，肯定是买的断码打折促销品吧。

只见他掏出了一张照片，照片上正是面无表情的安藤由纪子。

"这是我妹妹，她失踪了。你见过她吗？"

"我怎么会知道你妹妹在哪儿？你到底是谁？"

安藤听完只是笑笑，并没有回答我的问题。

相反，他接着这样说道："我打听过了，她上星期来过这里，所以我才觉得你也许见过她。"

"她上星期来过这里？谁说的？"

"谁说的不重要，还是你觉得有人这么说很奇怪？"

安藤的眼睛向上翻着，看得我一阵恶心。

"那倒没有。不过我没见过这个女孩。"

说了一声"告辞"后，我就走进了岸田家的院门。走到玄关时回头一看，那人已经不见了。

所幸玄关的门没有上锁，我直接开门走了进去。正好，雅美也从二楼下来了。

"别出去。"我对她说，"安藤在外面。我刚刚被他给叫住了。"

似乎是听到了我的声音，时枝夫人一脸担忧地从里面走了出来。

"问你什么了？"

"给我看了由纪子的照片，问我有没有见过她。"

接着，我将刚刚发生的事一五一十地说了一遍。夫人听完，脸色变得更加苍白了。

"他怎么就盯着我们不放呢？"

"我也不知道，难道是已经掌握了什么线索？"

我刚说完，就听到了开门声。是创介回来了。

"你们怎么都在这里？是发生什么事了吗？"创介一边脱鞋子，一边诧异地问道。

我正打算说明情况，门铃突然响了。夫人按下了墙上的对讲机按钮。

"哪位？"

小小的扩音器里传来了声音。"我是安藤。屡次登门叨扰，真是抱歉。"

夫人惊恐地看着我们。看样子，安藤刚刚一直在外面等创介回来。

"算了，让他进来吧。"创介咬了咬牙说道，"总是避而不见，反而会让他起疑心。我亲口告诉他，我跟那个叫安藤由纪子的女人没有任何关系。"

夫人点点头，将安藤请了进来。

"他知道安藤由纪子会来这里。"我赶紧对创介提醒道，"一会儿千万别说错了。"

"好。"

看到他点头后，我和雅美就上了二楼。片刻后，玄关的门被打开，安藤和夫走了进来。夫人带着他来到客厅，过了一会儿，换好衣服的创介也走了进来。我和雅美蹑手蹑脚地走下楼梯,像昨天一样把耳朵贴在门上偷听。

"我妹妹五年前离开家后,就很少回去了。这次我本打算来看看她过得怎么样,结果一连等了好几天都没有看到她回去。我原以为她是去旅行了,可是屋里的摆设完全不像要出远门的样子。所以我很担心,就到处打听她的下落。"

"那确实让人担心啊。"创介故作担心道。

"我对最近调查到的所有结果进行了一个总结,大概是这样的。"

安藤说到这里停顿了一下,可能在掏笔记本吧。

"首先是上个星期一的晚上,住在我妹妹隔壁的一个上班族女孩曾见过她从外面回家。只不过她们平时就没什么交往,所以彼此也没有交谈。住在隔壁却互相不认识,城里人还真是冷漠啊。"

"现在所有人都是这样啊。"创介附和道,他好像已经有点不耐烦了。

安藤继续说道:"也就是说,就目前掌握到的情况来看,隔壁的上班族女孩应该是最后一个见过她的人。另外,妹妹家门口的报箱内的报纸都塞不下了,已经堆到门缝上了。最早的那一份是上个星期三的早报。也就是,我妹妹至少从上个星期三的早上开始,就没有回去过了。对吧?"

"是的。"

"她在星期一的晚上回去过,但从星期三早上开始就没有回去过了。照这么看,她应该是星期二出门后就再也没有回去过了。当然,从前也不是没有发生过类似的事情。只不过她这次离家的时间实在是太长了。"

一阵沉默。或许，创介正在抽烟，而安藤正在看着他。

"我听说，我妹妹曾提出想采访您？"安藤问道。

"是的，她说过。"

"那你们见过面了吗？"

"啊，这个嘛。"创介清了清喉咙说道。这个反应太不自然了。

"我们的确约了见面，只不过还没确定具体时间。"

"哎，这就奇怪了。"安藤的声音有些含糊不清，"我在妹妹的桌上看到了一张便笺，上面写着她会在星期二来您家拜访。难道不是采访的事？"

便签？这不可能！我差点叫出声。我与雅美对视了一眼。显然，她也完全不相信。

"……还有那种东西啊？"

创介的语气有些狼狈，也不知道安藤看到这一幕会有何想法。

"是的。所以我才一直叨扰您。"

"这样啊？那可能……可能是那样。"

"是什么？"

"她问过我哪天采访比较方便。我好像说过星期二也许有时间。可能令妹就是因为这个，才定了星期二过来。"

"也就是说，你们并没有确定时间？"

安藤似乎对创介这种牵强的理由有所怀疑了。

"是的，当然。"创介坚定地说道。

谈话暂停了片刻。但我能听到似乎有人在自言自语，应该是安藤在嘀咕着什么吧。创介则一直没有说话。

"那请允许我最后再问一个问题，上个星期二，府上都有谁在家？"

安藤又问了一个奇怪的问题。

"有谁在家？为什么要这么问？"

"哦，倒也没什么特别的意思。嗯，应该有您和您的夫人……"

"还有犬子和他的家庭教师。"

"哦，这样啊。令公子和两位家庭教师也在家，是吧？一位男老师，一位女老师。"

"是的。"

"我明白了，那我就先告辞了。"

我听到了沙发挪动的声音。安藤似乎站起来了。我和雅美赶紧离开门口，飞快地跑上二楼。

"您回答得没问题。"安藤离开后，我这么对创介说道。

"他应该没有安藤由纪子来过这里的明确证据。所以您说她没来过，是非常正确的决定。"

"当时我除了这么说，也没有别的办法了。"创介说道，脸上写满了不耐烦，"不过，听到便签的事情时，我还是吓了一大跳。也不知道到底是怎么回事。"

"也许是安藤在故意唬人？"雅美在我和创介的脸上来回看了看。

"我觉得不无可能。"我答道，"即便如此，或许状况也没有多大的差别。既然想唬人，就证明安藤已经起了很大的疑心。"

"不管怎么说，至少可以肯定对方已经盯上我们家了。"

创介咬着下唇。看到丈夫愁容满面，时枝夫人也绝望地低下了头。

"暂时还不用这么悲观。"我说，"他目前还没有掌握任何确定性的证据。"

"是的。"

一旁的雅美也点了点头。"现在还没有任何事发生。只是有个女人失踪了而已……只要尸体不被找到，情况就不会有任何变化。"

"是啊，只要尸体不被找到。"

我的语气也十分坚定。

＜夜晚＞

只要读过推理小说的人就会明白，处理尸体是非常困难的事情。

大致有以下四种方法：掩埋，沉河，焚烧，化制。当然也有一些匪夷所思的办法，比如冰冻后削成刨冰状扔掉，或是凶手自己吃掉之类的，但我认为这些并不具备实际操作的可能。

拓也推荐的就是掩埋法。

"我觉得掩埋是最方便，也最安全的方法。就算我们把她扔进河里，也可能被水流冲上来，而如果用的是焚烧法，就一定会留下骨头。"

"可是该埋到哪里去呢？最好不要埋得离我们家太近。"

听这话就知道，创介现在有多依赖拓也。

"当然不能埋在这一带。要确保即便尸体被人发现，也没有人会怀疑到我们的头上。那就去埼玉县吧，找处人迹罕至的深山。至于运输的车辆，我觉得就用府上那辆单厢车吧。"

"这样应该就没问题了吧。"

"家里有铲子吗？要用来挖坑。"

"储藏室里应该有。"

"那就行。等到凌晨两点，我们就可以把箱子搬进车里了。"

我看了看手表，指针刚刚转过凌晨一点。

＜现在＞

最近天气很暖和，直到昨天才终于下了雨，而且还是一场瓢泼大雨。今早醒来一看，大雨依旧毫无要停下的迹象。往年的冬天，倒是没怎么见过如此大的雨。

雅美站在阳台的玻璃门前，目不转睛地看着外面。玻璃门上朦胧一片，就像覆着一层轻纱似的，只有她眼前的那块区域留下了一圈被手指擦过的痕迹。

"你在看什么？"我窝在床上，对着只穿了一件男式衬衫的雅美说道。

虽然屋里已经点了煤油暖炉,但依旧寒意阵阵。

"好寂寥的街景啊。"雅美说道。她的气息,让面前的玻璃又覆上了一层薄雾。

我苦笑了一下。

"也没有多寂寥吧。你知道这附近的独栋房子得卖多少钱吗?"

"我说的不是这个。"她又用手指擦掉玻璃门上的雾气,"一场大雨过后,很多东西都被冲去了表面的浮华。其实,它们远不像人们见到的那般繁荣。"

我坐起来,从床边抓起烟盒和打火机。收音机不知何时被打开了,正在播放着古典音乐。

雅美转头看着我。"我们去别的国家吧。我不想再在这个贫乏的国家过这种苦日子了。"

"能帮我取一下报纸吗?"

她迈开修长的双腿从床前走过,到玄关处取来了报纸,然后随手丢在我面前。

"我想要钱。"雅美轻声嘟囔。

我瞥了她一眼,然后就认真看起了报纸。

今天的头版刊载的是税收问题,后面则是裁军、地价——都是些老生常谈的历史遗留问题。

我翻开了社会版。昨天的暴雨,好像引起了某地的山体滑坡。真可怜啊。

就在准备翻开体育版时,一则小小的新闻引起了我的注意。新闻标题是《埼玉县泥沙之中惊现尸体》。我连忙拿近报纸仔细阅读。

昨天晚上,一名上班族骑自行车路过埼玉县××町时,因雨势突然变大,轮胎打滑而不慎摔进了树林中。虽本人并未受伤,但自行车却一路滚落至山底。就在这名上班族准备拉起自行车时,突然发现车架上缠绕着什么东西。俯身仔细一看,竟像是人的头发,而且是从地里长出来的。上班族赶忙扔下自行车,跑到一公里外的一处民宅寻求帮助。那家主人一听,便迅速报了警。当地警方赶到现场后,从土中挖出了一具女性尸体。其年龄大致在十五至三十岁之间,留着一头长发,脸和双手手指都遭损毁,胸部留有被尖锐刀刃刺伤的痕迹。

以上就是报道的大致内容。

"怎么了?"

看到我盯着报纸看了许久,雅美不免露出担忧的表情。我把报纸放在她面前,指着那篇文章。

她顿时脸色大变。

"这……不就是那个地方吗?"

"没错。"我感觉自己的声音也有些不受控制地颤抖,"就是我们埋尸的地方。怎么这么快就被发现了……"

"那现在该怎么办?"

"给岸田家打电话,问他们警察是否来过。如果还没有,那我们就马上过去一趟。"

我看着她拿起电话,自己也赶紧跳下床穿衣服。

最近一星期,安藤和夫完全没有来过。看样子,虽然他十分怀疑妹妹的失踪与岸田家脱不了干系,但毕竟没有掌握实质性的证据，也只好作罢。所以，我和岸田夫妇都认为这场危机应该算是过去了。

然而，安藤由纪子的尸体居然被人发现了——这正是我们最惧怕的事情。

＜夜晚＞

经过一段令人窒息的时间，终于到了行动的时刻。拓也、正树和创介一起将纸箱搬进了车里。路过栅栏时，还可以听到纸箱与吊钟花摩擦后发出的刺耳沙沙声。

"我还是跟你们一起去吧，一会儿挖坑的时候也好多个帮手。"将鞋子扔进纸箱后，创介说道。

出发前大家已经说好，岸田夫妇和隆夫留在家里。因为拓也担心万一半夜有电话打来，结果夫妇二人不在家，肯定会引起他人的怀疑。至于隆夫嘛，去了不仅帮不上忙，甚至还有可能拖大家的后腿。

"不，人太多反而会引起别人的注意。不用担心。我们会处理好的。"

"交给我们吧。"正树有些骄傲地说道。

大概他是觉得如果连处理尸体这么艰巨的任务都能完成好，父母肯定会对他刮目相看吧。

"那就带上这个吧。以防犯困。"

"嗯，口香糖啊？谢谢。"

"路上小心点。"夫人一脸担忧地叮嘱道。

"我们走了。"拓也说着发动了汽车引擎。

车子启动后，所有人都沉默了好一段时间。大概都在思考自己的处境吧。

"我觉得雅美小姐不用跟我们一起跑那么远吧？"坐在副驾驶座上的正树转头道。

"不，一会儿我们需要雅美帮忙。她还得再陪我们一会儿。"拓也手握方向盘说道，"你没问题吧？"

"没问题啊。"我答道。反正现在已经是同一根绳上的蚂蚱了。

"话说回来，你打算开去哪里？想到适合埋尸的地方了吗？"

"上次我开车出去兜风的时候，碰巧在一个地方迷路了。那附近全是树林，应该没有人会去那里的。不过真没想到，那个地方居然在这种时候派上用场了。"

"是啊。"正树耸耸肩，叹了口气，"不过你可真冷静。在这种时候，还能这么波澜不惊。"

"只是表面罢了，我心里其实也很紧张。"

停下来等红灯的时候，拓也叼起一支烟，用打火机点燃。他的嘴边亮起了一个红点。

"埋完尸体后，这个纸箱该怎么处理？"我问拓也，"上面好像沾了点血。"

"今晚就只能先带回去了。暂时还找不到可以丢的地方。"

"那就等明天烧掉吧？就当是在烧柴火。"正树提议道。

"最好别这么做，烧东西很容易引起别人的注意。剪碎后等到倒垃圾的日子处理掉比较好。"

"好的好的。就按你说的做。"

说着，他把一块口香糖塞进了嘴里。

是啊，你别乱出主意就行了。我在心里暗骂道。

汽车继续在夜路上奔驰。

<现在>

安藤由纪子的尸体被发现四天后，一位刑警来到了我家。当时我正准备前往岸田家，还在穿鞋时门铃就响了。

事实上，我昨天接到了时枝夫人的电话，说是警察到过她家了。看来他们查明尸体身份的速度，比我们预想中的快了许多。不过，刑警们似乎并没有问太多问题，只是拿出一张安藤由纪子的照片，问夫人是否见过而已。正是安藤和夫当时拿来给我们辨认的那张照片。夫人当然回答不认识。

来的是两位刑警，自称高野和小田。高野身材高大，看着应该是个性格沉稳之人。小田戴着一副金丝边眼镜，目光犀利，看着倒像个银行职员。他们表示有事想问我，我回答说可以配合大概十分钟。

"你认识一户叫岸田的人家吧？"高野问道。

我故意愣了一下。"知道啊。我在给这家的公子上课。"

"好的。那你每天都会去上课吗？"

"是的，除了星期六和星期日外。我现在就打算过去。"

"很抱歉耽误你时间了。"

"没关系。不过，岸田家是发生什么事了吗？"

刑警从灰色风衣的口袋里掏出一张照片，递到我面前。"你认识这个人吗？"

来了——我心想，果然就像夫人说的那样。照片上的人，正是安藤和夫手里那张照片上微笑着的由纪子。

"这张照片啊，我倒是见过。"我回答道，"就在几个星期前，是一个男人拿给我看的。但我不认识照片里的这个女人。"

"那个男人是谁？"

"他说他是这个女人的哥哥。一个看着有些寒酸的男人，说是叫安什么……"

"安藤？"刑警问道。

我用力点了两次头。"是的。就是这个名字。"

高野刑警看了看小田刑警。小田正一脸不耐烦地在笔记本上写着什么。这些动作应该都是在故意扰乱我的心绪吧。

"那个，是发生了什么事吗？"我尽量装成无意的样子问道，就是不知道自己的演技够不够好。

高野刑警用略带血丝的眼睛看着我。

"这个女人，被人杀死了。"

"……"

我半张着嘴，看向刑警的眼睛。这个时间不能太长，也不能太短，否则都会显得不自然。算好恰当的时机后，我才开口说道："这样啊……"

"四天前，有人在埼玉县的一处树林发现一具尸体的事情，不知你是否有所耳闻呢？"

我点点头。于是，他继续说道："那具尸体就是这张照片中的女人。她的哥哥，也就是那位安藤先生找到警方说那可能是他妹妹。在对牙齿等进行辨别鉴定后，我们确定了那就是安藤小姐。"

"这样啊……"

我装出一副事不关己却又十分震惊的模样。

不管怎么说，那个安藤一看到报纸上的新闻就跑去报案，单从这一点就能看出他一直都在追查妹妹的下落。但之前见面的时候，他看起来还真不像是个关心妹妹的哥哥啊。

"嗯，如果没有什么其他事的话，我就先出门了。"

"啊，很抱歉，耽误了你的时间。"

高野刑警连忙从门口让开身来。我走出门后将门反锁。两名刑警则在一旁看着我。我不禁后背一阵发凉。

"还有别的事吗？"我有些不快地皱着眉头问道。

"不，没有了。就是想问问你，去岸田家之前，需要拐去什么其他地方吗？"

真是个奇怪的问题。

"不用。"我摇摇头。

"那我们送你过去吧。正好我们也打算去岸田家一趟。反正有车，你就跟我们一起吧。"

"呃，但是……"

我的目光在二人的脸上移来移去。高野的脸上挂着诡异的媚笑。小田则面无表情地站在那里。

"那就请吧。"

高野伸出手掌示意我先走，我一时也想不出拒绝的理由。

几分钟后，我坐在了小田驾驶的车的后座上，旁边坐着高野。

"我仔细调查了安藤由纪子后，在她身上发现了很多奇怪的地方。"车子开出后不久，高野就开了口，"短期大学毕业后，她去了文化中心做行政工作，但在大约六个月前突然辞职了。据说，她还跑去兼职，当上了女公关。不过大约一个月前，她又辞掉了那份兼职，所以失踪时应该是无业状态。"

我没有说话。在弄清高野这番话究竟有何深意前，保持沉默是最明智的做法。

"不过奇怪的是她失踪前一个星期发生的事。"

高野刑警的嘴角挂着淡淡的微笑。我看不透这个微笑的含义。小田默默地开着车，但他应该也在认真地听着后排的动静吧。

"那个星期，她几乎没有见过任何人。当然，有人见过她，只不过没有和她说过话。所以没有人知道她每天都在做些什么。"

"但是……这种事不是常有的吗？"

我给出了一个无关紧要的回答。

"是的，最近的确如此。不过，一位住在安藤由纪子家隔壁的上班族女孩证实，她几乎每天晚上都要出去。她出门的时间正好是隔壁女孩到家的时间，而且大约两个小时后她又回来了。因为两人住得很近，所以可以清楚地听到隔壁的开门和关门声。如何？是不是有点奇怪？她到底去哪儿了？"

"谁知道呢……"我摇摇头，想表示自己对此毫无兴趣。

可刑警继续说了下去。

"还有一件奇怪的事。我看了她的存折，发现一年前她还有七百多万日元的存款。后来却被不断地取出来，现在存折上只剩下几万日元。"

我向窗外看了一眼，岸田家还远着呢。怎么还不到啊，这车也开得太慢了，这让我不禁有些焦躁起来。

"钱嘛，自然是越花越少。"高野继续说道，"可问题是，我们对安藤由纪子做了详细调查，完全没有发现她在什么地方花过这么多的钱。那么，这些钱都去哪儿了呢？"

我从窗外收回视线看向高野，接着缓缓眨了眨眼，用尽可能平静的语气问道："为什么要跟我说这些？"

他则十分意外地瞪大了眼。

"只是闲聊罢了。"他解释道，"如果你不想听，那我就不说了。"

他这是想让我说"确实不想听"吗？

我决定再往对方的领域迈出一步。

"这件事和岸田先生有什么关系吗？"

"现在还不知道。"高野回答道。

"我问过安藤和夫是否知道他妹妹最近跟谁有来往。一开始，他说自己不知道。但他当时的神情有点古怪，所以我就开始监视他的行动。昨天，他一大早就出去了。我一路跟踪，发现他的目的地正是岸田创介的建筑师事务所。我当场拦住他，问他去那里做什么时，他显得很慌张。"

高野看着我的脸，似乎是在观察我的反应。我尽量保持面无表情。

"听说,安藤由纪子曾经约过岸田创介见面。"

"是吗?"

"嗯。从安藤的证词来看,由纪子就是从约定见面那天起失踪的。"

"哦……"

"你现在知道为什么我们会对岸田家紧追不舍了吧?"

我没有回答这个问题,而是扭头看向窗外问道:"安藤为什么没有马上说出岸田先生的事情?"

"这个嘛,"高野哼了一声,摸着下巴苦笑道,"或许是因为顾忌对方是个有头有脸的名人,所以不敢轻举妄动吧。谁知道呢……那个人本身看着也有点奇怪。"

刑警似乎话里有话。

我的脑子飞快地转着。警方到底掌握了多少证据?只有弄清这个,才能及时改变自己的应对策略。最坏的情况——我甚至已经开始思考这个问题了。

终于,我们抵达了岸田家。我和高野下车后,看见小田仍然手握方向盘,坐在驾驶座上。"我把车停到派出所的停车场去。"

看着那辆车越走越远,我的心里生出了一种不好的预感。看样子,他们一时半会儿是不会离开这里了。

"吊钟花啊。"身旁的高野突然说道。这位刑警摸了摸岸田家的栅栏,接着摘下一片叶子。

"这栅栏不错。"高野说,"砖墙就不行了,要是遇上大地震,说不定还能把人给砸死。最近东京许多地方似乎都在鼓励使用栅栏。"

我不明白他为什么突然说起了这个。刑警一脸玩味地笑着。我沉默着，按下了岸田家的门铃。

来开门的是夫人。看到是我后，她明显松了口气，再往后一瞧，发现我身后跟着刑警，又立即沉下了脸，就像我给他们家带来了瘟神似的。

"我有几个问题想问问。"刑警说道。

就在这时，雅美和隆夫也从二楼下来了，大概是听到门铃声了吧。雅美正要回去，我便准备带着隆夫一起上楼。

"可以把上课的时间往后挪挪吗？"高野刑警在我背后喊道。

我转身，他正微笑地看我。随即，他又转向雅美。

"可以请你也先别回去吗？如果太晚，我们会送你回去的。"

雅美看着我。我看着刑警。

"我有些话要跟诸位说。"他继续说道，"而且是非常重要的话。"

＜夜晚＞

拓也驾驶着单厢车离开主干道，驶入了黑暗。车身时常剧烈晃动，应该是路况太差的缘故。

"还不行吗？"四周的黑暗让正树不免有些犯怵，"这里应该很适合埋尸了吧？"

"我也觉得。"我从后面对拓也说。

拓也没有立即回答,只是继续谨慎地操控着方向盘。他现在必须全神贯注地调整车辆的速度,因为这条路实在是太窄了。

"你们来过这里吗?"穿过那条小路后,拓也问道。

"没有。"正树摇摇头。

"雅美,你呢?"

"我也没有。"

"我猜也是。"

拓也继续默默地开着车向前。这一带几乎没有民宅的灯光,所以我也根本看不到车外的情况。

"现在一片漆黑,所以你们应该是看不到的。其实这一带是建筑工地,你永远不知道推土机什么时候会把她给挖出来。作为一个建筑师,若是岸田先生知道我们把她埋在这种地方,说不定会让我们挖出来重埋的。"

"哦,是这样啊!"正树一脸佩服地连连点头,"虽然我父亲不太可能会这么说,但要是被挖出来确实就糟糕了。"

"当然很糟糕。"

拓也说着继续往前开。

大概过了几十分钟,车子终于停了下来。这是一条只能容纳一辆车通过的山路,两边都是茂密的树林。

拓也和正树下车后,我也跟着下了车。下车前,我还从前排座位上抓了一块口香糖放进嘴里。薄荷的香味瞬间弥漫整个口腔。

今晚月色很好,外面比我想象中要亮得多。

"埋尸大概需要多长时间?"正树问道。

拓也点了一根烟，深吸一口，大概是为了缓解长时间驾驶的疲劳吧。

"最快也要两个小时。如果我们手脚慢点，可能就要搞到天亮了。"

＜现在＞

所有人都聚集在客厅里。不，准确来说，是所有人都被聚集到了客厅里。岸田夫妇和他们的两个儿子，以及我和雅美都坐在沙发上，高野和小田则站在墙边。

"我希望你们说实话。"

高野扫视着每个人。创介闭上了眼睛。夫人和隆夫低下了头。

"那天安藤由纪子来过府上吗？"

我下意识地看向刑警。他的话里充满了自信，似乎已经认定了这个事实。我飞速转动脑筋，想要弄清这种自信究竟源于何处。但我想不出来。

我和高野刑警对视了一眼。他似乎笑了一下。

"岸田先生……"高野站在创介面前，"你曾对安藤说过，原本和由纪子约好了见面，但实际上并未成功见面，是吗？"

"是的。"

创介回答得非常坚定，但他放在腿上的双手却是拳头紧握，就算是我也能看出这很不自然。

然而，刑警什么也没说，而是径直走到夫人面前。

"夫人，您说过不认识安藤由纪子，这话您至今不会更改吗？"

我看到夫人纤细的喉咙明显起伏了一下，应该是重重地咽了口唾沫。然后，她一脸悲怆感地答道："是的，还是一样。"这对夫妻都是优雅有余、胆量不足的人，根本不用期待他们有多高超的演技。

刑警在隆夫面前停下脚步。隆夫像乌龟一样缩起脖子，一张脸惨白无比，两只耳朵涨得通红。

刑警什么也没问这个可怜的少爷，又走回了原来的位置。然后，他再次环顾四周，将手插进西装的内袋里，掏出了一个小小的塑料袋。

"尸体的脸和手指都被损毁了。大概是凶手不希望有人认出被害人的身份吧，既然如此，那就应该顺便把她的衣服脱掉。做事啊，还是应该要做得周全才行。"

刑警没有特意看我，但我的心还是忍不住狂跳起来。

"被害人穿着鞋子，这就是从她鞋子里发现的，看起来应该像是什么植物的叶子。虽然埋尸地点本就是一片森林，脚上沾着一两片叶子倒也正常。但对这种植物的种类进行调查后，我们就发现事情并不简单了。"

高野说到这里咳了一声，好几个人的身体也随之颤抖了一下。

叶子……

我倒吸了一口凉气，因为我已经猜到那是什么叶子了。所以，这位刑警才会那么做……我忍住了咬嘴唇的冲动。

"是吊钟花的叶子。"

高野就像是在公开魔术的手法一般。说完,他又像个魔术师似的,静静地等待着大家的反应。很快,创介就惊呼了一声。

高野露出满意的笑容。"是的。正是府上栅栏上长着的那种吊钟花。前几天我来拜访时,曾偷偷从上面摘下过一片叶子,两相对比后发现,这两片叶子应该是长在同一个地方的。"

说到这里,他又看了看众人的反应。确定没有人会说话后,他才继续说了下去。

"当然,吊钟花随处可见。但要同时满足这么多条件,应该就不只是巧合那么简单了吧?

凝重的沉默再次袭来。这感觉,就像是正坐在一艘静静沉没的船上。究竟是从哪里开始出错的?

大概是对自己出牌后的效果十分满意,高野一脸得意地将塑料袋塞回了口袋。那一刻,我的脑海中突然闪过一个念头,莫非所谓吊钟花叶子根本就是用来唬我们的幌子?但我也马上意识到,就算现在提出质疑也为时已晚。

高野收起塑料袋后,又掏出了两张小纸片。看着好像是照片。他拿着照片向我走来。

"我之所以能确定安藤由纪子来过这里,其实正是因为听了你的那番话。"

"我的?"我瞪大了眼睛,这怎么可能?

"看起来,你根本不相信啊。"刑警撇了下唇角,"我给你看了照片后,你马上告诉我,那就是安藤给你看过的照片。明明已经过去好几个星期,但你似乎记得十分清楚啊。"

"我对自己的记忆力还是有点自信的。"

"但是只看过一次照片,能那么准确地记住一张脸吗?"

"准确来说,我记住的不仅是脸,还包括整张照片的构图、背景等等。"

"也就是说,光看脸的话,未必能回想得起来?"

"是的。"

"那就奇怪了。"高野突然提高了音量,并将手中的一张照片放在了我的面前,"这是我之前给你看过的照片,对吗?"

我仔细看了看,然后点了点头。没错,就是这张照片。

"你果然在撒谎!"刑警突然大声说道。

骤然的一个高声,震得我完全说不出话来。

紧接着,他继续说道:"这根本就不是安藤给你看过的那张照片。安藤给你看的,其实是这张照片。"

他用另一只手举起了第二张照片。看到这张照片的那一刻,我感觉全身的血液瞬间涌上头顶。

两张照片完全不同。虽然都是安藤由纪子的照片,但一张面带微笑,另一张却面无表情。更重要的是,色调和背景也完全不同。

"你看的明明是另一张照片,却告诉我这是安藤给你看的那张。为什么你会这么觉得呢?很简单,因为这两张照片拍的根本就是同一个人。刚刚你说光看脸未必能想起来,可事实上你的判断依据恰恰就是这张脸。因为,安藤由纪子的这张脸,你记得十分清楚,只是在我面前装作不认识罢了。那么,你为什么要撒这个谎呢?"

我看着刑警的脸和他双手举着的两张照片,一时不知该作何答复。准确来说，我已经没有力气答复了。我的头热得发烫，但又总觉得身体内的某个部位冷得发颤，我知道自己彻底败了。夫人在电话里告诉我，刑警拿着安藤给她看过的照片登门了。于是，我便想当然地认为刑警给我看的也是同一张照片。

见我默不作声，刑警便从我面前走开，朝着其他人的方向走了过去。

"很明显，安藤由纪子来过这里。且自那天起就失踪了，几个星期后，她的尸体被人发现。那么唯一的可能就是，她大概在这栋房子里遭遇过什么意外。所以，到底是什么意外呢？我们当然要考虑最坏的情况……"

他说到这里停了下来，静静等待众人的反应。

见所有人都紧闭双唇，他又骤然沉下声音说道："知道鲁米诺反应吗？将鲁米诺溶液和过氧化氢溶液混合后，一旦接触血液，就会在催化作用下发光。如果遇到无法辨别血迹，或调查面积过大的情况，警方就会使用这种方法。即使血液被稀释一万倍，甚至两万倍，也一样可以通过这个方法检测出来。就算用肉眼已经完全看不见，比如用刷子彻底刷洗过，那些血迹也依旧会被检测出来。"

我感觉所有人的寒毛都竖了起来。

也许是察觉到了众人的反应，高野刑警继续说了下去。

"所以，你们明白了吗？一旦我们真的动手调查，甚至可以说出案发现场是在这栋房子的哪个房间。"

这句话无疑犹如一记重击。一个呜咽声打破了沉默。是时枝夫人。

"是我，我杀了那个人。"

我震惊地看向她。创介和她的两个儿子显然也很惊讶。高野不可能对此毫无察觉，他拉着夫人慢慢站起来，将她交给小田刑警后，再次扫视了在场的众人一圈。

"很快就会真相大白了。"他说，"只要将夫人的证词与其他人的证词一对比，就能知道她是不是在撒谎。我们还没有蠢到逮捕无罪之人。"

高野说罢看了小田一眼。小田心领神会，带着夫人准备离开。就在这时，有人突然像大坝决堤似的号啕大哭了起来。根本不用看，除了隆夫还能有谁。

"是我……是我。"

隆夫伏在桌子上痛哭流涕。从创介等人的痛苦表情就能看出，这应该就是事实的真相了。

"隆夫，你在胡说什么？"

夫人尖叫，但很快就被小田制止了。

高野站在隆夫面前，低头看着他。

"是你杀了安藤由纪子，对吗？"

隆夫点点头，依旧把脸埋在双臂之间。

"我……我……我不是故意杀她的……"

我看着旁边的雅美。雅美也看着我。

完了——我们用眼神交流着。

隆夫被捕的次日晚上，小田刑警来到我家，说希望我能去趟警察局。虽然昨天已经在岸田家了解得差不多了，但还需要我过去做个正式笔录。

"其他人的笔录都做完了吗？"

我上了小田的车后问他。

"快做完了。"小田答道。

"那证词中有什么矛盾的地方吗？"

"没有，几乎都一样。"

小田仍然目视前方。我还是觉得看不透这个男人。

到了警察局后，我立即被带进了审讯室。这是一个又窄又臭的房间。等了大约五分钟后，高野刑警终于出现了。不知为何，他的嘴角挂着一抹淡淡的笑意。

"那就来重新整理一遍这个案件吧。"

再次询问了住址、姓名等信息后，高野向我确认道："案件的起因好像只是一件微不足道的小事。因为这件小事，安藤由纪子和岸田隆夫发生了一些争执。"

"好像是这样。"我顺着他的话说道。

"在争执的过程中，岸田隆夫推了一把由纪子。接着，由纪子向旁边的茶几倒去。当时茶几上放着一盘水果，很不幸，那把水果刀正好刺入了她的胸口。看到鲜血从她的胸口涌出后，隆夫大叫了一声，紧接着所有人都冲了出来。"

"听说是这样的。"我说，"至于是不是真的，我就不知道了。听到隆夫的尖叫声赶过去时，我确实看到由纪子的胸口插着一把刀，隆夫则呆呆地站在旁边。但我们都不知道他到底是不是故意刺伤由纪子的。不过，按照隆夫的性格，我觉得他做不出这种事，所以我选择了相信他。"

当时，谁也没有怀疑过隆夫的话。

"据说，当时是你检查了由纪子的情况，对吗？"

"是的。我是医学专业的，虽然中途退学了……据我判断，她已经断气了，当时我也是这么告诉岸田先生等人的。

"完全没有送医的必要了吗？"

"我觉得完全没有这个必要了。当然，我当时还是让岸田先生来做决定。"

"那当时岸田先生是怎么说的？"

"什么也没说。"我摇摇头，"反而问我该怎么办……"

"那你是怎么说的？"

"我当然建议他报警啊。这还用说吗？"

我看着高野的脸。对上我的目光后，他马上就移开了视线。不知何故，他的这个动作在我的心里留下了深刻的印象。

"听了你说要报警后，岸田先生是怎么做的？"

"他告诉我不能报警。相反，他提出希望我帮忙隐瞒此事。"

我将后面发生的事情一五一十地说了出来——在岸田夫妻的请求下，我不得不出手帮忙，并将尸体运到很远的地方掩埋。

高野一边听我说着，一边静静地看着半空。他实在是太过安静了，就连眼睛都没有怎么动过，我甚至怀疑他到底有没有在认真听我说话。于是我故意停了下来，他这才慢慢地转头看向我，示意我继续说下去。

于是，我把埋尸结束，回到岸田家的全部过程都交代了。高野托着下巴，一动不动地听着。他到底在想什么啊……

"离开岸田家的时候。"刑警终于开口了，"岸田先生有没有给你拿过什么东西？或是给正树拿过什么东西？"

拿过什么东西……

我开始认真地回想当时的每一个细节。那天晚上的事情，我还记得非常清楚。把纸箱扛出去，然后……

"有。"我点点头，"他给我拿了口香糖，说是为了防止我犯困。"

"你确定吗？"

"是啊……怎么了吗？"

"没有，只是确认一下而已。"

刑警咳了一声，但我总觉得他是在故意掩饰什么。

"对了，那个安藤和夫啊。"刑警突然转变了话题，"一开始不是说是在他妹妹的通讯录中看到岸田家的地址，又从便签中得知那天由纪子约见了岸田先生吗？但其实他的手里根本就没有什么通讯录或是便签。在我们的追问下，他居然说出了一件十分惊人的事情。"

"惊人的事情？"

"其实安藤和由纪子一直都保持着联系。由纪子曾对他说过一句奇怪的话——'我们也许能从建筑师岸田创介手里讨些钱来花花'。据安藤说，他们的父亲安藤喜久男曾是岸田创介的同事。当时两人一起构思过某种划时代的建筑技术，不幸的是喜久男后来因为一起事故而英年早逝。多年后，岸田凭借这项技术而声名鹊起，但他似乎已经完全忘记了安藤一家。由纪子就经常抱怨说岸田家的财产本该有一部分属于自己。也就是说，从一开始，由纪子就是带着目的接近岸田家的。"

"确实有点意思啊。"我一脸不感兴趣地附和道。

"所以,一发现妹妹失踪,和夫就认定此事一定同岸田家有关,这才不停地上门纠缠。他似乎对自己的推断非常自信。"

难怪他当时对岸田家的人紧追不舍。原来是这么回事啊!

"那么问题来了。"高野突然严肃了起来,"由纪子到底准备怎么敲诈岸田呢?从和夫的证词来看,由纪子手中似乎捏着对方什么把柄,那这个把柄究竟是什么呢?"

我没有回答,同时也摆出了"我怎么可能知道"的姿态。

"你怎么看?"

刑警又问了一遍。

"我哪里知道?不过我觉得这与此次的案件应该没有任何关系吧。正如隆夫说的那样,由纪子的死只是一个巧合罢了。"

"是吗?"

"难道不是吗?"

听我这么说后,高野沉默了片刻,转了两三下头,大概是想放松放松肩膀。我听到了轻微的咔嗒声。

"嗯,我觉得……如果由纪子还活着,她应该已经拿到足以勒索岸田的把柄了。"

"……我没听懂。"

"简单来说,就是已经拿到了岸田隆夫行凶的铁证,这就足以向岸田家勒索一大笔钱了。"

"这怎么可能?由纪子不就是那个被杀的人吗?"

"那么如果……"刑警再次转了转头,这次没有发出声音了,"如果她当时没死……而只是在装死呢?"

"……"

"她没死，至少在岸田家的时候没死。"

"……你有什么证据……"

"口香糖。"

"口香糖？"

"嗯。其实，尸体的食道中塞着一块口香糖。但我问隆夫时，他告诉我由纪子没有吃过口香糖。口香糖是在你和正树运走尸体前，创介递给正树的吧？那么，当时早就成了一具尸体的由纪子，又怎么会吃到口香糖呢？"

看我依旧沉默，高野又补充了一句。

"正树已经全部交代了。"

＜夜晚＞

空气好凉，用力吸一口后，那股凉意似乎一下子钻进了我的后脑勺。

我努力伸展身体，虽然上车后终于能离开纸箱了，但刚刚蜷缩在里面太久，不免觉得身上有些酸疼。

不过，计划进行得很顺利。

第一次听拓也描述这个计划时，我还觉得这也太过异想天开了吧，所以根本就没有对此抱有希望。可是架不住拓也一再劝说，我最终还是点头同意了。

无凶之夜

一星期前，我以"八木雅美"的身份与拓也一同作为家庭教师混入了岸田家。在文化中心做行政工作的那段时间，我就已经在为成为英语会话教师而努力学习。我的辛苦也终究没有白费。

一星期后的今天，我们终于要展开计划已久的行动了。

去岸田家之前，我买了一把水果刀和一袋苹果。我对隆夫说，我给他买了些好吃的，等上完课就能吃了。隆夫也十分高兴。

上完课后，我让隆夫去削苹果。他皱着眉头说他不想削皮。如我所料，这位少爷连苹果都不会削。

我借机找出各种例子来故意嘲笑他、侮辱他，说他就是个什么都不会的乖乖男。

我早就知道隆夫是个很容易发狂的人，这几天的相处也让我坚信了这一点。他的反应果然如我所料。没多久，他就涨红了脸，一把揪住我的头发，像一只发情的猴子一样尖叫着。我一反抗，他便如我期待的那般变得更加暴躁。我假装被他推开，顺势倒向了旁边的茶几。那里放着水果和刀……

我在内衣和胸部间事先藏了一个小小的泡沫塑料盒，里面放了一个装有约一百毫升血液的血袋。当然，那是我自己的血，是今天让拓也帮忙抽出来的。他真不愧是个医学生，就连注射器都用得十分娴熟。

我一倒在桌上，就将那把刀刺进了自己的胸口，然后惨叫一声倒在地上。刀子插进泡沫塑料盒后，扎破了里面的血袋，我的胸口很快就被鲜血染得通红。

隆夫大喊了一声，拓也也适时冲了过来。拓也设法不让任何人靠近我，并一步步地哄骗他们踏进我们设好的陷阱之中。

然后，就一如我们计划的那般，拓也带着我和正树离开了岸田家。正树虽蠢，但演技还是很不错的。

今晚的星空好美。

接下来就先观望一阵，然后写封匿名信去勒索岸田创介即可。岸田夺走了本该属于我父亲的成就，分我一点钱也是理所当然的吧。

等拿到钱后，给和夫哥也买点东西吧。

＜现在＞

我和由纪子是在一家酒吧认识的，当时她在文化中心做行政工作。我在补习班打工，但工资不高，每天都过得浑浑噩噩的。

我已经有了一个叫河合雅美的女朋友，所以和由纪子在一起完全只是出于逢场作戏的心态。

可是，由纪子却对我动了真心。她不仅非常有钱，还非常愿意在我身上花钱，简直就像我的摇钱树一样。

等到积蓄耗光后，由纪子甚至跑去当起了女公关。她这么卖命，应该也是为了我吧。就这一点而言，我是当真不愿杀了这个眼里只有我的女人。

可是后来她以怀孕相威胁，逼着我马上娶她。那就别怪我容不下她了。而且，由纪子身上带着一股杀气，如果和她提分手，她是一定不会放过我的。

就在我不知如何是好的时候,我从由纪子那里听说了岸田创介的事情。

她说想让我帮忙,找出一个对方的把柄。

我无法拒绝,便开始调查岸田一家。这一查,还真给我发现了很多有趣的秘密。首先就是隆夫,虽然他的父母对他寄予厚望,整天催着他认真学习,但家里请来的家庭教师却没有一个能干得长久。隆夫似乎患有躁狂症,一旦受到些什么精神刺激,就会不受控制地发狂。正好那段时间,岸田家也在苦寻家庭教师。

除此之外,岸田家的另一个儿子正树也很有意思。他是创介前妻的儿子,同时也是个无可救药的蠢货,并且十分厌恶自己那个同父异母的弟弟隆夫。

机会来了,我暗暗琢磨。于是,我向由纪子阐述了自己的计划。

我建议她让隆夫背上杀人犯的罪名,借此向岸田勒索钱财。不过,这里就需要正树的配合了。于是我想办法接近他,并说出了自己的计划。

他答应了。陷害弟弟固然让他觉得解气,但真正令他心动的,还是事成后能够得到一半钱财所带来的诱惑。看起来,他似乎很缺零花钱啊。

然而,别说由纪子了,就连正树也不知道我真正的计划。我只对雅美说过全部的计划。

我和由纪子分别到岸田家应聘数学和英语家庭教师,并顺利通过了面试。说起来也是毫无悬念的事情,因为隆夫的风评实在太差了，根本没有其他人愿意上门应聘。

我用的是真名，由纪子则在我的建议下用了化名。我告诉她，这世界其实很小，一旦将来被岸田一家发现安藤由纪子还活着，说不定会惹上大麻烦。

我给她取了一个"八木雅美"的化名。雅美正是我女朋友的名字，当时我也是头脑一热给她取了这个名字，不过仔细一想似乎倒也没什么不妥。从那时起，即使身边没有其他人，我也会有意地喊她雅美。

计划进行得很顺利。一直顺利地进展到了那个只有我知道的结局。正树被我的计划惊呆了。

不过我告诉正树，这样才是最完美的结局。反正这一切都是隆夫干的，与我们没有半点干系。正树听完，颤抖着点点头。虽然难免会担心他因为怯懦而露馅，但毕竟现在两个人是一条绳上的蚂蚱了，想必他也不敢随便说出去。

次日起，真正的雅美，也就是河合雅美，就做了隆夫真正的家庭教师。我告诉岸田夫妇，雅美是我的女朋友，所以一定会替我们保守秘密。

说到雅美，我也顺便告诉岸田夫妇，由纪子当时使用的是化名，并表示这是我在查看她遗物的时候发现的。听到她的这个真名后，创介的脸色似乎变了一下，但并没有问我她为什么要使用化名。我想，他应该是联想到了由纪子的父亲，便觉得她使用化名接近自己，是为了找机会给她的父亲报仇吧。

接下来，只要找个合适的时机勒索他就行了。关于勒索的具体做法，我也早已精心策划完毕。

这个计划中最重要的一点，就是要确保将来没有人会发现我和由纪子之间真正的关系，以及由纪子死前曾频繁出入岸田家的事。为此，我可谓处处小心提防。

哪承想，最后竟因为一件微不足道的小事而落得满盘皆输。千算万算，就是没想到由纪子会把这件事告诉她哥哥。

我真是高估了她的脑子。

＜夜晚＞

拓也的完美主义让我佩服不已。

反正都是演戏，其实我们根本不用跑这么远，只要随便找个地方打发时间就好了。没想到还真跑了这么远，大概是担心回头向岸田夫妇解释的时候会露出破绽吧。

这大概就是固执吧。拓也就是个有些固执的人。

"来吧。"拓也大声说道，"一起来埋尸吧！"

我笑了。拓也也笑了。

"也许你应该往铲子上沾些泥土。"正树说道。

在拓也的影响下，他似乎也会动脑子了。

"现在还不用。"

拓也笑着慢慢走近我。有一瞬间，我还以为他这是要吻我呢。

"等等再挖就好了。"

他的右手拿着一个东西。那是什么？还有，等等再挖是什么意思？

他的笑容突然消失了。

他怎么不笑了？

他为什么拿着刀？为什么……？

下一刻的冲击，让我不由得吞下了口香糖。

(完)

译 后 记

1985年，东野圭吾凭借其成名作《放学后》斩获第31届江户川乱步奖，但真正使他声名大噪的则是2005年出版的《嫌疑人X的献身》，这部作品不仅同时获得直木奖和本格推理小说大奖，更是摘下了"这本小说了不起""本格推理小说Top 10""周刊文艺推理小说Top 10"三大推理小说排行榜的年度总冠军。自此之后，东野圭吾的作品备受瞩目，他凭借其才华和创作，成为日本乃至全球推理小说界的重要人物之一。

《朝日新闻》曾评价东野圭吾"凭着超强的情节和超强的人气，将万千读者聚集在图书周围"。

《读卖新闻》则称"东野正式适应了时代的要求，他的作品情节紧凑，故事展开迅速，那股逼人之气力透纸背"。

这本《无凶之夜》由多个独立故事组成，每个故事都独具特色。东野圭吾十分擅长对人物的塑造，他笔下的每个人物都有自己鲜明的性格特点和复杂的内心世界。或许正如"恶"也有共性一样，故事中的人物仿佛就是芸芸众生的缩影，让人可以从中或多或少地看到熟悉的影子。

东野讲述的故事从来都不是为了推理而存在，而是人性挣脱束缚后自然发展的结果。欲望变成利刃后，刺伤了别人，也将自己拽进万丈深渊。故事里的每个人，在一开始都不曾想过伤害他人，却在贪婪、懦弱、自私的驱使下，因为一瞬间的邪念而成了施暴者。当自私、懦弱、贪婪与欲望纠结在一起时，人类最终必将被自己推向深渊。东野的笔犹如一把尖刀，撕开虚伪的面具，让人性的黑暗暴露于阳光下。

《轻微的蓄意》中，洋子与达也本是一对令无数人艳羡的校园情侣，然而这份美好的爱情却在时间的发酵中逐步变质，最终酿成了洋子的"蓄意"。她并非早有预谋，只是在一个恰好的时机，因为瞬间的恶意制造了一场悲剧。

《真凶匿于黑夜》中，欲望、自责与恐惧让信二逐渐扭曲、忘记自我，最终导致了悲剧的产生。同样，信二的恶念也并非蓄意已久，只是恰好在那一瞬间被激发了。

《跳舞的女孩》讲述的是一个因爱而起的悲剧。本是一份单纯的爱慕之情，却间接导致了一场悲剧的发生。原本以为是一个关于青涩爱情的温馨故事，却以如此惨烈的方式收尾。好意和爱意，也可能因为方式不当而给他人带去无法挽回的伤害。东野圭吾以其独特的笔触，将这个故事呈现得如此生动和真实，仿佛每一个细节都历历在目。在这个复杂多变的世界里，每个人都有可能成为悲剧的制造者或者受害者。

同时，东野圭吾也在本书中展现了其高超的逻辑推理能力。情节设计巧妙，通过多个不同的视角逐步展开故事，使读者仿佛置身于一个个谜团之中，随着故事的推进逐渐拼凑出真相的全貌。这种叙事方式不仅增加了故事的可读性，也让读者能够更深入地

译后记

参与推理过程，体验解谜的乐趣。他在书中的许多细节之处都埋下了伏笔，带着读者身临其境地拨开一层层云雾，令人大呼过瘾。《真凶匿于黑夜》中的香水，《跳舞的女孩》中被汗水染成深红色的T恤，《无尽之夜》中厚子的那句"是这座城市杀了他"，《白色凶器》中垃圾桶里的废纸，《无凶之夜》中的吊钟花，其实都是作者精心埋下的伏笔。

这些故事都没有复杂的推理过程，东野圭吾用其巧妙的写作手法和故事设计，让读者在不知不觉间陷入了他精心设计的思维圈套中。如果顺着他的描述来推测，往往会与真相南辕北辙。案件的发展过程让人有无数猜想，哪怕已经猜中凶手，可真相背后的隐情还是让人忍不住大吃一惊。故事的设计之巧妙，在于作者仿佛从另一个角度成全了读者的万般猜测，却最终还是会和真正的答案失之交臂。那种差一点便可以猜到作者构思的诱惑和兴奋有多强，最后没能看透真相的失落便有多强，这也使得读之颇有种酣畅淋漓的快感，让人停不下来。就在读者为自己猜中了真相而窃喜时，真相会告诉你什么叫技高一筹。出其不意的情节走向让人心中一震，直呼精彩。

待真相被揭露，一切反转陈列于眼前，读者甚至来不及思考，故事就已经画上了句号。只有带着真相重新品读，才能看懂隐藏在其中的文字圈套。

潘郁灵
2024.5.27

HANNIN NO INAI SATSUJIN NO YORU
©Keigo Higashino, 2020
All rights reserved.
Original Japanese edition published by Kobunsha Co., Ltd.
Publishing rights for Simplified Chinese character arranged with Kobunsha Co., Ltd. through
KODANSHA LTD., Tokyo and Kodansha Beijing Culture Co., Ltd. Beijing, China.

© 中南博集天卷文化传媒有限公司。本书版权受法律保护。未经权利人许可，任何人不得以任何方式使用本书包括正文、插图、封面、版式等任何部分内容，违者将受到法律制裁。

著作权合同登记号：字 18-2024-189

图书在版编目（CIP）数据

无凶之夜 /（日）东野圭吾著；潘郁灵译 . -- 长沙：湖南文艺出版社，2025.1. -- ISBN 978-7-5726-2089-8

Ⅰ . I313.45

中国国家版本馆 CIP 数据核字第 2024ZU6961 号

上架建议：畅销·悬疑推理

WU XIONG ZHI YE
无凶之夜

著　　者：	东野圭吾
出 版 人：	陈新文
责任编辑：	张子霏
监　　制：	于向勇
策划编辑：	布　狄
版权支持：	金　哲
特约编辑：	罗　钦　王成成
营销编辑：	时宇飞　黄璐璐　邱　天
装帧设计：	沉清 Evechan
版式设计：	马睿君
内文排版：	谢　彬
出　　版：	湖南文艺出版社
	（长沙市雨花区东二环一段 508 号　邮编：410014）
网　　址：	www.hnwy.net
印　　刷：	三河市天润建兴印务有限公司
经　　销：	新华书店
开　　本：	855 mm × 1180 mm　1/32
字　　数：	205 千字
印　　张：	8.5
版　　次：	2025 年 1 月第 1 版
印　　次：	2025 年 1 月第 1 次印刷
书　　号：	ISBN 978-7-5726-2089-8
定　　价：	59.80 元

若有质量问题，请致电质量监督电话：010-59096394
团购电话：010-59320018